王小锡散文随笔集

# 德之美

王小锡 / 著

南京师范大学出版社

图书在版编目(CIP)数据

德之美 / 王小锡著. -- 南京 : 南京师范大学出版社, 2024.12

ISBN 978-7-5651-6291-6

Ⅰ. ①德… Ⅱ. ①王… Ⅲ. ①随笔—作品集—中国—现代 Ⅳ. ①I267.1

中国国家版本馆 CIP 数据核字(2024)第 089795 号

德之美 DE ZHI MEI

著　　者　王小锡
责任编辑　王晨雨
封面设计　沈佳宾
出版发行　南京师范大学出版社
地　　址　江苏省南京市玄武区后宰门西村 9 号(邮编:210016)
电　　话　(025)83598919(总编办)　83598412(营销部)
　　　　　83371351(编辑部)
网　　址　http://press.njnu.edu.cn
电子信箱　nspzbb@njnu.edu.cn
照　　排　南京开卷文化传媒有限公司
印　　刷　江苏凤凰数码印务有限公司
开　　本　640 毫米×960 毫米　1/16
印　　张　19.75　　　插页　2.5
字　　数　179 千
版　　次　2024 年 12 月第 1 版
印　　次　2024 年 12 月第 1 次印刷
书　　号　ISBN 978-7-5651-6291-6
定　　价　98.00 元

出 版 人　张　鹏

# 道 德 之 美

## ——为《德之美》序

郭建新*

王小锡的散文随笔集《德之美》是在我眼皮底下码字并杀青的，我作为他每篇文章的第一读者，深知文中德之美、美之德的辩证意蕴和认知价值。作者邀我作序，我很有兴趣对此书翰主题做简要解读。

美是主体对客体的认同、惬意、美好、崇高、向往的一种主观感受和理性认知。当然，这种主观感受和理性认知在形成人的美感中是辩证统一的，即完美的主观感受需要深刻的理性认知的支撑，而深刻的理性认知需要依托完美的主观感受。自然之美是如此，社会生活之美更是如此。

---

* 郭建新，女，1955年生，南京人，法学硕士，南京审计大学教授。

当然，在主观感受之美和理性认知之美的关系上，理性认知之美具有根本性、决定性作用。换句话说，离开了深刻的理性认知，主观感受往往是肤浅的，也是脆弱的，那时很有可能因理性认知的不认同、不舒适、不惬意、不美好、不崇高、不向往而颠覆形象上的美的感觉，进而导致丑的感受。更进一步说，社会之美与自然之美“同中之异”在于，社会之美更加侧重理性认知基础上的美，就是说，即使在客体外表反映形象不那么令人待见的情况下，但因其内在的特质使人认同、舒适、惬意、美好、崇高、向往，故最终还是会在人们心目中形成美好形象。

“人为万物之灵长”，人“最为天下贵”在于道德，由是观之，伦理视阈下理性认知的基础和核心是道德，因此道德是完美感觉之依据。故自然之美与道德境界的完美结合才是真正的美，即完美之美是道德之美。

事实上，自然之美内含道德元素更美。否则，自然之美将可能不被充分理性认知，也将很可能是不被待见之景观。自然之美和道德境界之完美结合的道德之美乃完美之美，这在日常生活之所见所闻可窥见一斑。

自然界的龙卷风有烟囱形、绳形、漏斗形、双龙形、多旋涡形等，龙卷风还可分为水龙卷、陆龙卷以及火龙卷等等。龙卷风有时还可以有很多种颜色，如黄色、橙色和粉红色等。就其自然景观来说，假如龙卷风在造成不了伤害的空旷水面或辽阔陆地上短暂生成和结束，那的确是十分壮观和美丽的自然景观，很猛烈、很奇特、很好看，让人惊奇，让人愉悦，让人享受，一定会受到人们的喜爱和赞叹。但其作为气象灾害来说，在一定情况和一定条件下破坏了自然生态和伤害了人类利益，此时的龙卷风就是不可控的自然灾害，是人类惧怕的邪恶的自然现象，其不仅没有美感，反而会引起人们的恐惧、失望和反感。

罂粟花美。明代文学家王世懋在《学圃杂疏》中写道，“芍药之后，罂粟花最繁华，加意灌植，妍好千态”。为此，唐代诗人雍陶在《西归出斜谷》中写道：“行过险栈出褒斜，出尽平川似到家。万里客愁今日散，马前初见米囊花。”同时，罂粟有多种可以治病的提取物，加工入药，有敛肺、涩肠、止咳、止泻、止痛和催眠等功效。为此，罂粟适当药用，有利于人的健康。然而，罂粟是制造毒品的原料，在历史上由罂粟制造的毒品危害了无数人的身心健康，如不加管制的话，贻害无穷。为此，种植罂粟是大多数国家明令禁止的。这就是说，罂粟花很美，它可以养眼、养身、养心。但是如果用罂粟来制造毒品，危害人类，那它就是淫恶的代表,是丑陋的代名词。

据报道,汶川大地震后,一位残疾乞丐坐在滑轮板上,慢慢地靠近赈灾捐献桌从口袋里掏出几十元钱放在桌子上,然后不留名目默默地离开了。这一幕让看到的人无不为之心酸、落泪。尤其是从有的富豪在灾难面前一毛不拔,甚至有的名人诈捐的情况来看,这一幕更是让人感动不已。这位乞丐及其举动美吗?很美!残疾和贫穷绝没有影响人们对他的好感、美感和美誉。

今冬的一天,一段微信视频感动了无数人,即一位中年人走到池塘边,发现一小孩落水,立即跳下池塘把小孩救上岸,并交给了赶来的家长,在家长还没有来得及感谢的时候,当围观人得知小孩获救并转身以感动、敬佩的心情寻找那位陌生的救人者时,他却早已像落汤鸡一样默默地离开了。当时,这位中年人尽管全身湿淋淋并冻得瑟瑟发抖,但其行为和形象美吗?很美!而且是强健和尚德之美!

近日网上流传这样一段微信视频,即一对恋人走在大街上,一边走路一边吃香蕉,漂亮女子将香蕉皮随意扔在地上,没有带包的恋人帅哥立即拾起香蕉皮并用纸包好放进女子手提包里,结果遭到女子的吐槽和训斥,女子随即还气呼呼地将香蕉皮扔到街边花丛里。这位女子及其行为美吗？其行为玷污了她的漂亮的脸蛋，让人厌恶，很丑！

事实上，爱美之心人皆有之，道德之美与人们的社会生活息息相关，在一般情况下，人之美或生活之美或社会之美的基础和核心要素是道德，即“美之灵魂”是道德，审美的重要依据是道德。故，道德之美乃人间最美之美。

王小锡的《德之美》，全书文章要么渗透着自然之美的道德理念，要么展示着道德之美的完美境界。《德之美》一册在手，开卷可以感悟自然和社会；感悟昨天、今天、明天；感悟美好生活、幸福人生、理想未来。期待该书受到读者的欢迎。

是为序！

于南京秦淮河畔龙凤花园

2024年2月16日

# 前　言

撰写散文随笔是我的业余爱好。我曾经说过，撰写散文随笔是我在进行理论研究、逻辑思维之余放松心情的日常动作。同时，也可以将在理论文章中不能嵌入或渗透进的一些人生体悟用散文随笔的形式表达出来。故在我的散文随笔集《德与美（第三版）》（上海三联书店 2020 年版）问世四年后的今天，我决定将新撰写的散文随笔结集出版，取名《德之美》。

《德之美》可谓是《德与美》的姊妹篇。散文随笔不可忽视的功能之一是展示自然美、社会美、情感美和语言美，而由于我一辈子从事伦理学即道德哲学的教学和研究，因此“三句话不离本行”，我会自觉不自觉地用道德视野审视美、感受美。事实上，审视美、感受美与道德理念难以分开，尤其是道德之美乃人间最美之美。因此，用道德视野审视美、感受美将会真正体验到完美之美。

我的散文随笔尽可能展示独有的风格，一是散文随笔虽散且随，但我的散文随笔坚持从结构到语言都内含一定的逻辑理路；二是散文随笔虽可以聚焦不同主题谈天说地，但我的散文随笔在不同主题下均注重体现独特的伦理韵味；三是散文随笔虽讲究辞藻华丽或笔调轻盈，但我的散文随笔注意辞藻妥帖中见美、叙事辩证中悟理、抒情达意中享惬意。

要说明的是，我的家乡溧阳，诗一般的景，诗一般的人，诗一般的生活，诗一般的历史，构成了诗一般的“溧阳今昔”。游子在外时间越长，乡情越浓，故宣传家乡也成了我的日常生活，也因此我平时比较多地写家乡。并且，这次也将已经在《德与美（第三版）》发表过的《溧阳赋》《溧阳之歌》《天目湖颂》作少许文字修订后转载于本书，以飨读者，并表达我对家乡的眷恋之情。同时要说明的是，《德与美（第三版）》中其他几篇需要进一步修订或润色的文章，也将在本书重新亮相。还要说明的是，我一直想专门编写一本《道德箴言录》，但因平时事务繁忙，短期内难以如愿。因此，为了较为系统地表达我的人生信念，本书收录了《德与美（第三版）》附录“道德箴言”的修订版，即“道德箴言（感悟人生）”。

# 前　言

在本书的附录中，收录了钱栋、赵善坚、范渊凯、姜晶花、陈芳梅、陈金香、易书凡、潘逸等同仁和朋友们针对我的《德与美》(一至三版）撰写的散文随笔式评说文章，想借此平台由衷感谢他们认同的同时，让读者多角度领略他们的散文随笔之美，多维度理解我的散文随笔之“神”。附录中还收录了《德与美（第三版）》目录，也想借此平台展示本书姊妹篇《德与美》所涉及的主题及我多年来生活、工作的兴趣视线，借此加强与读者更深入、更广泛的交流。

我的妻子、南京审计大学郭建新教授特意为我的《德之美》作序，我向她致意。同时，感谢她和儿子郭方天副教授、儿媳刘竹园长，他们仨是我的《德之美》每篇文章的第一读者，故在本书写作和成稿过程中，他们均从不同视角提出了自己的意见，为本书增添了诸多色彩。硕士、博士研究生倪艳、陆雯、沈洁、易书凡、潘逸、盛丹丹等人，分别阅读了我的部分散文随笔初稿，并各自提出了自己的阅读感受和建议，在此一并感谢他们。

溧阳市文联主席、摄影家沈佳宾应邀为本书设计封面，他和张耀铭教授、曾向东教授、郭建新教授、余雪冰副研究员、吴疆助理研究员均欣然为本书提供摄影佳作，他们以其特有的影像和图式诠释了德之美和美之德的奇妙内涵，感谢他们的艺术支持。

感谢南京师范大学出版社领导和责任编辑为本书的高质量出版所付出的辛劳。

愿《德之美》给读者带来愉悦。

王小锡

于江宁大学城商苑

2024 年 2 月 18 日

# 目　录

作者近影

作者于 1980 年

作者于 2005 年

小憩(北欧之行)

现场品赏笔精墨妙、文采炳焕之书法

《道德资本研究》日文版出版后应日本经营伦理学会邀请到日本讲学，图为讲学现场

俄罗斯之行

在伦敦亚洲会馆国际经济
伦理学学术酒会上做主题演讲

家乡南山竹海之行

参加凤凰作者年会

百廿之光耀未来

溧里天伦之乐

百廿南师校庆演出《大先生》

加油

同学

“未来之星”之园丁风采

参加天目湖山水园《溧阳赋》石刻落成典礼的领导和嘉宾（2013 年 4 月 6 日）

纪念中国伦理学会成立 40 周年暨 2020 中国伦理学大会（2022 年 12 月 5 日）

南师学人文库揭牌

阖家欢乐

# 无“景”不伦理

# 花中四君子

梅、兰、竹、菊被称为“花中四君子”，并被古今华人及历代骚人墨客视为“真君子”，是人类完美品质的象征。

梅花之君子品质为坚毅、傲骨、自信。春天百花齐放，但梅花却是冬天独放，即使在白雪皑皑的严冬也要不断接受寒风的吹打，照样在雪中露出美丽的容颜。同时，梅花还散发着独有的花香，明代朱熹诗说“梅花香自苦寒来”，道出了它的特性与品格。梅花是严冬一花独放，其坚强的身躯和美丽的花朵总会惊艳八方，尤其是在山石缝中挺立的梅花更是让万物膜拜，究其原因，其实是艰难生存环境下自信、自强的必然趋势和结果。由此可见，梅花有着在困境下顽强生存价值的自信和生存意志的坚强。这也应该是“真君子”之性格。

兰花之君子品质为独立、简洁、坚韧。兰花品种繁多,但它们有着统一的品质。兰花从不在万花丛中争艳,尽管其花姿和花香总是能在群芳中夺目。历代诗人都欣赏其品质,宋代杨万里诗说“生无桃李春风面,名在山林处士家”。兰花虽有各种类型,但都不需要他物或他花的衬托和簇拥,始终展示简约、清新、高洁的品质。同时,兰花虽属草本植物,但其没有易被动物食用、践踏的低微特性,而是坚韧挺拔、底气满满地展示自身的顽强、坚贞的品格。清代郑燮诗说“峭壁一千尺,兰花在空碧”,就是其品格的写照。由此可见,虽没有雍容华贵,但有简洁清新的个性;虽没有高耸的身躯,但有坚韧、挺拔、独立之完美形象。这也应该是“真君子”之人格。

竹子之君子品质为俭朴、求进、心简。宋代苏轼诗说“宁可食无肉,不可居无竹”。就字面看,如果说把苏轼的“不可居无竹”理解成人的住所旁要栽种竹子,这也没有错,因为常年绿色的竹子,且又不易引虫,这是不错的绿色景观。然而,苏轼的意思不只在表面现象,他是要人们的日常生活要有竹子的品质和情怀。竹子不需要华丽的外表,一生简洁而又明快。竹子一生一心向上,总是努力节节攀高,除非基因限制高度。竹子腹中空空,心里明朗清爽，从不趋炎附势，更不需要附和簇拥。由此可见，竹子一生简洁明快，始终向上求进，且坚毅挺直、刚直不阿，没有看不透的城府，更不纠缠纷繁复杂的关系。这也应该是“真君子”之品格。

菊花之君子品质为无争、洁净、康寿。菊花被分为夏菊、秋菊、寒菊三种，这说明菊花是开在百花争艳后，故不争艳、洁身自好、超凡脱俗是菊花的基本特质。而且，唐代元稹诗说“不是花中偏爱菊，此花开尽更无花”，这就是说，菊花是百花后的到位和坚守，是灿烂到最后的名花。菊花虽品种多，花色也不少，但每一种花的颜色又比较单一，要么黄色，要么红色，要么白色等，它不需要鲜艳夺目，不需要他花衬托。菊花之花色和花样不少，但都是以清爽、清新著称，也正因为如此，菊花是人见人爱，爱不释手。菊花生长期较长，且生命力强，只要根茎不坏，可以不断生长开花，并总是娇艳亮丽，就是到了寒冷天气，它也能凌霜傲冻。由此可见，菊花不求奢华，不与百花争艳，但愿百花散去自增强，并以清心、康洁、坚韧姿态勇立于世。这也应该是“真君子”之风格。

但愿“花中四君子”的象征性品质能成为今天人们追求的基本品性，其形象也都像花一样璀璨夺目。

# 东方最美校园

南京师范大学随园校区被誉为“东方最美丽的校园”，人们还称之为“最美公园”。走进随园校区，首先映入眼帘的是一块巨石并刻有“随园”两字，似乎在昭示随园是历史文化底蕴厚重之地。

随园最早是清代诗人、散文家袁枚居住地，他在散文《随园记》中说：“康熙时，织造隋公当山之北巅，构堂皇，缭垣牖，树之荻千章，桂千畦。都人游者，翕然盛一时。号曰‘隋园’，因其姓也。后三十年，余宰江宁。园倾且颓，弛其室为酒肆，舆台嚾呶。禽鸟厌之，不肯妪伏。百卉芜谢，春风不能花。余恻然而悲，问其值，曰三百金，购以月俸。茨墙剪阖，易檐改涂。随其高，为置江楼；随其下，为置溪亭；随其夹涧，为之桥；随其湍流，为之舟；随其地之隆中而欹侧也，为缀峰岫；随其蓊郁而旷也，为设宧窔。或扶而起之，或挤而止之，皆随其丰杀繁瘠，就势取景，而莫之夭阏者，故仍名曰‘随园’，同其音，易其义。”这清楚表明，随园在清代历史上曾两次盛况盛美。

现在的随园是在金陵女大旧址基础上发展而来，其美景与袁枚当初的花园式庭院相比，更有其独特的韵味。

随园的大屋顶房子是我国传统宫殿式建筑，就整个布局来看，像个拉伸扩大了的北京四合院，配上山水景观，又像缩小了的南方园林，其诗情画意般的神韵，要“读懂”不易，任何文字也难以说明“随园之为随园”。有幸的是，20 世纪 80 年代初我在随园西区的学生宿舍结婚，不久就搬到宫殿式建筑的 600 号二楼北端木板房住了几年，尽管常年室内和室外温度一样，且当时只有公用自来水和距离 600 号楼 100 米左右的公共厕所，条件简陋，但是因为居住在古韵建筑、炫丽季花与自然绿色协和的环境中，总让人感到十分惬意。

随园的整体设计可谓匠心独具，一条中轴线两边的房屋、路形、花草、树木对称地展开和延伸，环顾左右，一切有形之物都像个“双胞胎”。春暖花开时，两边花团锦簇、姹紫嫣红，站在中轴线上，似乎一边是花坛，一边是

“镜子”,模样似乎一样。秋高气爽时,不管风从何处进,定有桂花香味扑鼻来。还有那两棵“大哥大”式的银杏树,待到满地黄叶、杏果时,却似两只金盘托“圣果”。至于200号、400号、600号、300号、500号、700号楼和几何形或弧形的道路,那两边的物体、线条和“空间”等毫无二致,要么“肩并着肩”,要么“对视相望”,要么“携手而行”。

当然,随园也有伴随对称美景的独特美景。围在齐唰唰条形状冬青树中间的绿油油大草坪,仿佛是铺在随园中央的绿色大地毯,一到秋天,随园人都可以上去享受“脚福”,有时躺在上面,仰望天空,顿时天、地、人融为一体,惬意自在。屹立在大草坪北端被视为随园象征和瑰宝的参天古松,见证了随园的沧桑,目睹了一代又一代莘莘学子的寒窗苦读,尽管20世纪80年代后期的一场大雪压断了顶部几根枝头,但今天仍然刚劲挺拔,让人“仰望”。面对随园大门100号楼后面的德风园,坐落着至圣先师孔子的雕像,斯是中华传统文化的象征,更是激励学子们刻苦深造的精神资源,不时有学子朝拜立志。紧邻德风园的荷花池,小巧玲珑,池中荷花、金鱼以及池中宫殿式建筑、垂柳、花木、假山、天空飞渡之白云的倒影等,犹如水中仙境，漫步池中曲桥和清波台，仿佛置身于梦幻般的美景之中。20 世纪 70 年代末，我在随园读书时，没有整治过的荷花池，周边全是土堤，自然生长的芦苇、荷花，活泼精灵的青蛙，再加上周边景观倒影等，也是蛮有独特韵味的。最难忘的是，我们几位同学在池边石凳上学习之余，经常跳进池里捉小龙虾，最多时有一脸盆的收获，有着诗意般生活的感觉。由此说来，尽管随园有不对称的独好美景存在，但它们并不孤独，都是景中不可多得的“美点”。

随园四季有花，可称得上“四季花卉博览会”。尤其是春季的兰花把随园装点得春意盎然，冬天的梅花在雪景中更显傲骨，十分美艳。

随园有山，现今的南山、西山大多是师生住所，人气很旺，也是随园一景。20 世纪 80 年代的两山，各有风韵。南山树木苍翠，山顶有绿树掩映的游泳池，在树木倒影的池中游泳，仿佛在林中飞翔。西山顶上没有开垦的痕迹，走进灌木丛中有一种走进原始森林的感觉。西山北边的两栋二层木质结构小楼，是民国时期加拿大大使馆，内外设计精巧别致，在随园乃至在南京可谓是一帜独树，后改为学校招待所，我也有幸在里面招待过客人。可惜，后来因新规划被拆掉了。从西山东坡也就是100号楼后面拾级而上，坡中部有后来仿金陵女大宫殿式建筑的文学院大楼，再往上有一座后来建成的现代气派的图书馆。南山和西山原来都有青石小块铺就的大路直达山腰，现在还存留着一段到南山的石块路，这其实是随园山路的一段历史，很有味道。

这就是说，随园中轴线上有100号楼、荷花池、德风园、中大楼、图书馆，加上中轴线两边的对称宫殿式建筑和景观，以及青石路等，随园可称之为有山有水、对称有韵、错落有致、匠心别致的“美园”。

随园之美，还美在气质，美在人文情怀，美在文化底蕴深厚，美在追求卓越的创新精神。宫殿式建筑透射出传统的敦厚、踏实、可靠、诚信之伦理精神，龙之九子的外饰雕塑，表达爱乐、吉祥、威严、护善、负重、正气、好文、镇邪等道德主张；花园式校园昭示着宽容、祥和、阳光、友善和美丽；以人为本的“厚生”传统，“正德、厚生、笃学、敏行”的校训和“严谨、朴实、奋发、奉献”的校风，宣示今日之厚生育才理念；诸多蜚声海内外的先贤德教双馨、培育后学，众多国内外知名的专家学者潜心耕耘、立德树人，使一批批莘莘学子启迪创新思维，夯实日后卓越的根基。

最美随园，气质非凡。

我一辈子在随园“耕耘”，犹如花园的“护花”“养花”使者，美的感觉不只在于身处优美的环境，更在于一批批“祖国花朵”和未来的“国家栋梁”在这里茁壮成长。

（原以文章名《随园》载王小锡散文随笔集——《德与美（第三版）》，上海三联书店2020年版；本文有少许文字修订）

# 百廿南京师大第一位名校长

今年9月10日是南京师范大学建校120周年校庆，遇上这百廿庆典，作为在南京师范大学学习、工作45年的我来说，实乃幸运。我大学毕业即在南京师大工作，年届七旬刚刚退休，有一种难以割舍的情怀。在南京师大百廿辉煌中，我见证了她近半个世纪与时代同步的高速发展，许多诸如由南京师范学院改办南京师范大学、进入国家“211”行列等高光时刻历历在目，真为南京师大的今天自豪和骄傲。在这百感交集的百廿校庆时刻，我也深深体会到，南京师大是我人生的重要舞台，没有这个舞台，我的人生或许没有这些意想不到的经历和模样，故我与南京师大缘深情深，我爱南京师大。

不久前学校党委孙友莲副书记亲自打电话给我，说要我在建校120周年专场演出上出演《大先生》节目里的一个角色，尽管我普通话不标准，舞台艺术近乎“科盲”，但在接到孙书记的电话愣了一下后，南师情结像看不见的线牵引我欣然答应了下来。

我在剧目里演的是南京师大的第一位名校长李瑞清，他是南京师范大学的前身——两江优级师范学堂（或称两江师范学堂）监督（校长）。

据史料记载，李瑞清（1867—1920年），字仲麟，号梅庵、梅痴、阿梅，自称梅花庵道人，喜食蟹，自号李百蟹，入民国署清道人，谥号文洁。江西省临川县温圳杨溪村（今属进贤县温圳）人。清末民初诗人、教育家、书画家、文物鉴赏家。尤其是在书画界，他声名显赫，书法自称北宗，与曾熙的南宗颉颃，世有“北李南曾”之说。他是中国近现代教育的重要奠基人和改革者，中国现代美术教育的先驱，中国现代高等师范教育的开拓者。

李瑞清于1905年就任两江师范学堂监督后，大兴土木，广建校舍，同时，大力改革，兴学求强，使两江师范学堂成为名副其实的江南第一学府。其间，他针对东南地区师资缺乏的现状，在学堂又有针对性地增设相关科目，并附设中小学校，还创办短期的留学预备学堂，输送了一批青年学生去美国深造。他提倡国学、科学、艺术不遗余力，竭力主张培育应用型人才。因此，他改博物科为实用性农业博物科，创设图画手工科并设立画室及有关工场。在他的努力下，培养了中国最早的国学、科学、艺术人才和实用型师资，许多诸如戏曲史家陈中凡、艺术教育家吕凤子等著名的学者和专家都成学于两江师范学堂；难能可贵的是他自己利用其学科特长亲自讲授国画课，国画大师张大千，著名书法家胡小石、李仲乾、黄鸿图皆出其门下。可见两江师范学堂：黉门之"大"，大师辈出；黉门之"高"，高徒满堂。

李瑞清始终秉持自己的办学理念，即"视教育若生命，学校若家庭，学生若子弟"。他并以"嚼得菜根，做得大事"为校训，"俭朴、勤奋、诚笃"为校风，倡导"匡时而振俗"，主张融会贯通中西之学以造就中国之学、中国之学人、中国之俊器。李瑞清的办学理念和办学风格可以说是其时中国办学之时代丰碑。

作为清末民初的杰出教育家，李瑞清的办学理念及主张的校训和校风就是在现时也不失其应有的承继和借鉴意义。作为教者，其工作不只是养家糊口、生存之依托，民族兴盛是教育教学、培养人才之天大之事。因此，他的“视教育若生命，学校若家庭，学生若子弟”的办学理念可谓是深远教育境界的真切写照。这就是说，学校教育犹如生命，要像对待生命那样对待教育，一言以蔽之，学校教育、培养人才至高无上；学校犹如家庭，要像对待家庭那样对待学校，这就是说，只有在学校之大家庭氛围中，才能真正形成团结谐和、踔厉向上的局面，并像爱护眼睛般地对待校园环境；学生犹如子弟，要像对待自己的孩子一样给予学生以慈父良母般的呵护，换句话说，学生是民族的未来，需要教育者为了孩子们的茁壮成长而共同努力。当然，这天大之事，不是坐等而成，作为教育者和学生，需要艰苦奋斗，需要努力奋进，唯有吃得苦中苦，才能办成大事，才能成人成才，正所谓“嚼得菜根，做得大事”。这也就同时需要在艰难困苦的条件下，俭朴办学，俭朴求学；勤奋办学，勤奋求学；诚笃办学，诚笃求学，唯此才能教以成人、成事，学以成人、成事。

吾辈平生没有当过校长，在这次校庆专场演出时扮演李瑞清，倒是体会到了作为一校之长应有的办学理念、办学风格和办学境界。能在一个重要的时间节点，以文艺角色形式传播李瑞清的精神境界，是我人生难得的一个际遇。所以我深切地感到，一分多钟的表演，不亚于我撰写一篇原创性学术论文所产生的社会影响。

我们这个《大先生》节目，是讲述南京师范大学前身自三江师范学堂创建至新中国建立初期的创建官员、历届校长和相关学问大家的创学办学、教育教学理念和行动等，八位“大先生”表演者（颜泯涛导演兼演张之洞、王小锡演李瑞清、高峰演江谦、赵凯演陶行知、蔡道通演郭秉文、赵媛演吴贻芳、徐玮演徐悲鸿、殷飞演陈鹤琴），将创建官员、历届校长和相关学问大家表演得惟妙惟肖。十多分钟的演出，十分精练地从一个侧面演述了南京师大前 60 年的办学发展史。当然，这里需要点赞的是，编剧姜晓云研究员精当的人物塑造、大气磅礴的文字表达、情感浓郁的语言风格为该节目的成功演出打下了坚实的基础。

那天的校庆专场演出海内外线上线下共有 280 万人观看，之后不时地听到“精彩”“震撼”之评价，这是对舞台剧目和表演艺术的认同和赞赏，更是对南京师大辉煌历史的赞叹。有这效果，我们剧组同仁异口同声地说：“突击辛苦排练一个月，值啦！”

以前我对演员入戏没有体会，这次演出后，有朋友调侃说我这辈子人生之路走错了，走艺术道路也许比走社科理论研究之路更好。哈,真是抬举我了,我只不过是在孙友莲副书记的殷切鼓励和专业指导下,以及在陈海英老师等其他各位同仁和剧组“大先生”们的精心帮助下,没有出错地完成了基本的表演任务而已。不过,通过这次的扮演,我的确被李瑞清的办学精神所折服,尤其是他对学生的柔和、慈爱之心,对老师的关爱、关照之情,对决策和行动的坚定、刚烈之性,都是我敬仰和膜拜的。表演结束已经十多天了,我还几乎每天至少一次自娱自乐地表演和朗诵台词,尽管有点不可思议,但这不能不说是李瑞清精神之感染力所致。

同时,以前我对“台上一分钟,台下十年功”也体会不深,通过这次演出,深深感到,要想演好戏,必须练、再练、再再练。同理,我们在生活和工作中已经深有感触,要想做好一件事,要想做好我们的学问,没有下得苦功夫,那就不可能有圆满成功的结局。所以,“行当”虽不同,但成功的秘诀只有一个,即舍得吃苦。

我深深地感到,我们剧组的排练和演出精神可谓是当今“南师大精神”的一个缩影。排练过程很辛苦,辛苦到白天没有空闲间隙,辛苦到废寝忘食,辛苦到做梦还在背台词,尤其是一个举手投足的定格动作要坚持 10 分钟左右，哪怕手臂发抖、腿发软，我们一直坚持练；排练过程要求高，高到走路练、干扰练、起床就练、睡前还练，甚至开车还在练台词，确保演出零失误；排练过程从台词到动作的吻合不可谓不复杂，复杂到从语气到动作经常调整变动，且经常有不同主见对撞，但是不管多复杂，我们不厌其烦。功夫不负有心人，我们乐见艰难，勇接挑战，最终成功了。当然，成功靠的是团结聚力、磨炼砥砺、正德笃行、踔厉奋进。其实，这一切的一切，就是为了展示南京师范大学的辉煌，为了南京师范大学的荣誉，为了南京师范大学的明天。

（写于2022年9月22日）

# 难忘一组数字

2020年年底，我托人制作了两件小纪念品，纪念品上有一组数字，即70—50—40—20—1，其意是我正达古稀之年，工作50周年（1970年12月参加溧阳县城西公社农村工作队），从事高教40周年（1980年1月南京师范学院毕业留校工作），我提出的“道德资本”原创学术理论20周年（2000年发表第一篇研究道德资本问题的文章《论道德资本》），平生第1次进行与学术研究相结合的人生经历纪念活动。

记得在2019年年底，我的博士开门弟子余达淮教授、首位博士后弟子李志祥教授和2006级博士弟子张振教授等专门为我一年后的70岁生日活动开了个碰头会，他们的愿望是搞一次较为隆重热烈的庆生会，以表达对我的感恩之情。人生七十古来稀,又是我即将正式退休的年龄,同时,又正值我工作 50 周年、从教 40 周年、特色理论首次提出 20 周年,我也觉得搞一次这样的活动有意义。

在后来的几次碰头会后,我感觉庆生活动规模搞大了既费心又伤神。故我后来一直主张召集十来个人聚谈一下即可,免得给弟子们带来诸多麻烦,同时我还主张活动主题为从教 40 周年,以便我在临近退休时总结一下工作和学术等。这是我人生低调风格的坚持。然而,诸位弟子仍坚持搞了一个有较多人参加的庆典活动,他们真心想表达对我的感恩之情。事实上,开弓没有回头箭,我的庆生活动计划一直在向前推进。经过多次确定,最后定在 50 人左右,活动主题定为“伦理学前沿问题高端论坛暨王小锡先生从教 40 周年座谈会”。

由于新冠疫情防控,这活动一再延迟,直到 2021 年 7 月 11 日才正式进行。当天,上午是由弟子王露璐教授主持的从教 40 周年座谈会,下午是由南京师大哲学一级学科带头人曹孟勤教授主持的伦理学前沿问题高端论坛,晚上是弟子李志祥教授主持的我的 70 岁生日庆典。华灯初上，高效、欢快的一天三场活动圆满结束。

这一天的活动成了我人生永恒的记忆。难忘我的70华诞庆典，难忘我的从教40周年座谈会，难忘特殊时刻举行的伦理学前沿问题高端论坛，难忘到会的诸多领导、朋友、同仁和弟子。

我由衷感谢中国伦理学会会长、教育部长江学者特聘教授、清华大学首批文科资深教授及人文学院院长万俊人专程从北京赶来参加会议并致辞；由衷感谢南京师范大学党委副书记、研究员尚洪波代表南京师范大学到会致辞；由衷感谢江苏省社科联秘书长、《江苏社会科学》杂志主编、研究员李静参加会议并致辞；由衷感谢我所在的南京师范大学公共管理学院院长、教授许开轶和南京师范大学马克思主义学院院长、教授王刚特地到会祝贺并致辞。他们都集中对我的学术人生作了热情洋溢的讲话，使我备受鼓舞、深感欣慰。

学术无止境，学术人生须长青。我将继续努力，不辜负诸位领导、同仁的抬举和鼓励，为学术奉献自己的一生。我在此以十分激动、感恩的心情展示他们的讲话内容。

**万俊人(中国伦理学会会长、教育部长江学者特聘教授、清华大学首批文科资深教授及人文学院院长):**

尊敬的小锡学兄,尊敬的尚书记,各位同仁,尤其是亲爱的各位王门弟子,非常高兴参加这次会议。我一直在期待此会,同时也是这个会议的幕后推动者之一。之所以这样,是因为许多王门学子都知道,我和你们导师的关系比较特殊。他姓王,"王"是唯一;我姓万,"万"是多。所以我与你们导师是一与多的关系,是辩证统一的关系,他统一我,我是"多"嘛。

这次会议的主题是"伦理学前沿问题"。我不知道小锡兄怎么看,我比较恐惧"前沿"两个字。因为一看到"前沿",我就想到"沙滩"。曾几何时,我和小锡兄都是中流击水的伙伴,转眼间马上就要被拍到"沙滩"上了(大家笑)。所以我现在不希望往前看,希望往后看,因为我非常珍惜我们共同走过的那些时光。我们一起走过的那些时光、工作过的那些时光是非常值得我们回忆的。

我们这一代50后的历史际遇很尴尬。我们的前面是老一代学者,很多同仁们、同学们都知道,我们的后面是庞大的伦理学后生。想当年,我跟锡兄学伦理学的时候,周围是没有几个人的,大部分是学中哲的、学马哲的、学西哲的，伦理学是小学科。这个学科对我们民族来说，历史悠久；但在共和国的历史上却又是短暂的。20世纪60年代，我的师伯吴晗先生（吴晗先生和我的导师周辅成先生是同学，1933年清华国学院的研究生）做过道德问题研究，文章在《新建设》上发表。很快被当时的青年人，包括年轻的许启贤老师他们"拍"到"沙滩"上去了，所以后来没有能够继续展开。伦理学这个学科实际上到1980年以后，才被两位周先生（注：指周辅成、周原冰），还有李奇先生、罗国杰先生等老一辈学者重新建立起来，还成立了一个学会。顺便说一句，这大概是我代表伦理学会出席的最后一个会议，因为年底我就被"拍到沙滩上去了"（自笑）。我非常荣幸以会长的名义出席锡兄的这次会议。但我不愿意说我代表中国伦理学会，我更愿意说代表我曾经工作的和现在工作的北大、清华的伦理学同仁，向小锡兄致以最崇高的学术敬意。也正是本着这样的心情，这个动机，我推动了这个会，并参加这个会。

老一辈学者做出了巨大的贡献，把这个学科建立起来，成立学会，然后迅速推广。我们大概就是这个过程中的早期研究生之一，当时我们中的黄万盛、王润生、姚新中、夏伟东、焦国成、余涌、公茜、杨兆锭等，还包括我的几位学姐，大概就那么十来位，在京城我们聚会，有时连一桌都坐不满，当时是很萧条的。所以，后来何怀宏说要跟罗国杰老师读伦理学的研究生，我还说过，你应该去读西哲，或者中哲，这些专业更热门。不过，他有个理论，我觉得很好，他说稀者为贵，做的人少才更安静，更便于做学术。所以我们这一代人是在这样一种情境下起步前行的，这是20世纪80年代的情形。20世纪80年代后期我们初露头角，到20世纪90年代我们基本上走到了学术舞台的中心。

可惜的是，我们这一代伦理学人中相当一部分都没有能够坚持下来，有很多非常有才华、有思想的人都转行干别的去了。比如，我们大家都知道的像王润生，就到法国去了，天天开着车，一车一车的拉衣服，做国际贸易去了。我看到他以后很伤感。一次在巴黎郊区的山谷里我跟他说，中国伦理学为什么发展得不够快、不够好？就是因为你们这些厉害的家伙“不务正业”，逃避责任，跑到国外发财了。当然，这是个玩笑话。但是，我们这一代确实有很多人逃避了，或者转行了，或者沉默了。其实，你们今天知道的一些人，只是其中的一小部分，他们坚持下来了，比如郭广银、韩东屏、李伟等。有的不仅坚持下来了，而且是建功立业了。比如，你们导师，还有中国人民大学的焦国成、龚群、肖群忠，东南大学的樊浩，中南大学的李建华，湖南师范大学的王泽应，等等。应该承认，在坚持下来的人中，比较有成就的并不多。这不是谦虚，而是当代中国伦理学状况的实际。但是，就在这为数不多的、有成就的我们这一代学者中，小锡教授是佼佼者之一！

这些天我一直在想，这个会上我讲点啥。于是，我就经常回忆起20世纪八九十年代，我们这些学者在做些什么？你们能发现，有所成就的学者都是能坚持下来的人。但是，坚持下来的人有不同的坚持，有的是一个专业方向，搞中伦或者搞西伦或者别的什么。小锡兄是一个特例，他是围绕着某一种独特的理论，拼尽全力，年复一年地就像是向同一个山头进攻的人，咬定青山不放松，这就是他的道德资本研究。

研究经济伦理的人很多，但是研究经济伦理有所成就的学者并不是很多。小锡兄之所以能突破重围，与他找准了一个主攻的方向，长年累月地聚焦于一个理论焦点，深耕细作，有莫大关系。这一点你们王门弟子会有更好的总结，这是我自己的一个直觉判断。前不久，他告诉我，他快70了。当时我听了以后心理感触很复杂，半天没有回应他的话，因为感觉很不好，心想，转眼间你就70了；又一想，哎呀，我也六十几了，所以时间对我们来说太快了。我想了很久，最后决定代表他，回顾一下他的学术经历。我想来想去，有四个字渐渐地清晰起来，这就是“道德资本”。他在《哲学研究》发表的头条文章，以及这些年在《伦理学研究》等杂志发表的系列文章几乎都是围绕道德资本的主题展开的，就像个陀螺围绕着一个主题不停地转。所以我为他写了一副七十华诞贺联，上联是：大义真言，言开道德资本，终攀胜果。小锡兄是能够成就一家之言的，他发展出了一种理论，获得了很高的成就。《道德资本论》已经被翻译成英文、日文、塞尔维亚文等多个语言版本，各种外文版本他都送给我一本。我为他感到自豪、骄傲，因为文化输出都到了塞尔维亚，太不容易了。后来发现塞尔维亚和我们的关系还不错。并且，你们知道吗？在南非执政党即南非共产党的党校阅览室中，也有小锡兄的《道德资本论》。当时在南非看到他的书，我比见他本人还亲切，都想拥抱一下那本书，把它像宝书一样揣在怀里，观摩了半天。时任中宣部常务副部长的雒树刚先生问我：“你的书？”我说：“不是我的书，是我朋友的书。”我为他感到非常骄傲！当时还看到我的弟子靳凤林写的教材，真没想到。我的上联是想总结小锡兄的学术成就，这是我对王小锡教授学术成就的一个定位。

一次，我问他，你有多少弟子了？他说有200多个弟子，其中50多个博士，100多个硕士。我从1990年开始招弟子，到现在也就60多个。他200多个，好家伙，真是了不起！所以我的下联就写他的教书育人所取得的巨大成就，下联云：宏门正学，学养文章信徒，再耀金陵。小锡兄在南京、在江苏、在全国甚至是在东南亚经济伦理学界，那都是堪称当代大家的伦理学学人。我是本着这样的一种心情，一种对王小锡的认识和理解，来到这个熟悉的地方。我也在南京师范大学兼职，其实和在座的很多嘉宾也是同事，大家一起来参加这个会，为小锡作稀龄华诞庆贺的。我突然发现，在王门之外，他就请了我一个人。我私下里对他也有些疑问和抱怨，因为我们俩像兄弟，可以无话不说。我对他的最大批评，粗线条地说，就是他太老实。在伦理学人中，在中国哲学界中，像他这样的老实人真不多见。他似乎从来不善于学术交际，他就是一个勤勤恳恳的、为人民服务的形象，一个服务员的形象。其实，我是最早先认识你们的师母，而后才认识你们的导师的。在这一点上,他不如你们的师母,所以说,他有今天的成就,其实是非常非常不容易的。自从我认识他以后,我就是他幕后的一个怂恿者。我说你应该如此这般,而不应这般如此。他说:“哎呀,这样做行吗？可以不?”我说:“怎么不可以！早就可以了!”

王门的弟子们,遇到这样的导师,你们很幸运。要是遇到霸道的导师,抽你们的鞭子,踢你们,那你们就够呛了。有的导师呢,是只顾自己在学术江湖上奔走,把身旁的一群小鸭给忘了。你们很幸运,你们的导师始终照顾着你们,心无旁骛,这是不多见的。在我们这一代人中间,像他这种品格,就像儒家说的,敏而讷,人非常有智慧,但是非常内敛。这个性格在这个时代似乎不适潮流。然而,他非常稀罕。稀罕就珍贵,就值得珍惜！我认识到这一点,所以我非常珍惜我和锡兄的这份学术友情。我祝贺小锡兄数十年学术人生能够站到很高的地方,能够领略高处的风景。顶上的人才能看到极远的风景。锡兄实际上就是站在顶上的人,我祝贺他。

他和我一样,现在都面临着退休,都在努力地卸包袱。我年过60的时候就和弟子们说,从现在起我就开始做减法。过去做加法,甚至做乘法。为什么呢？因为年富力强时喜欢做事，也能做些事。年少不知愁滋味。但长年累月地做基层工作，我知道付出有多大。我想（退休后）有更多的时间向小锡兄学习，有更多的时间与他畅游山水，小酌清谈。有很多东西不跟你们说，我们私下说（笑）。今天谈的希望能够有助于你们加深对自己导师的认识，对你们导师的研究和所创立的理论的认识。我可以大声地说，能够成自己一家之言的伦理学家，甚至是哲学家，极其罕见，是不容易的事情。我是真诚地这样说的。因为后人写学术史，不看你出多少书，不看你在哪些方面是专家，而是看你创造了什么理论、多少理论。我特别高兴地看到，有很多王门弟子正在努力弘扬你们先生的这种风格和学术传统，克绍箕裘，瓜瓞延绵，王门学术越来越兴旺了。我参加过你们中间很多人的博士论文答辩。有一部分同学，包括你们的大师兄达淮和其他师姐师兄王露璐、刘琳、张霄等同学，对马克思主义经济伦理思想的研究，在国内依然是最重要的一脉，他们的成就丝毫不亚于北京的一些马克思主义伦理学研究者。我实话实说，在哪儿都这样说。还有一些同学做的是特色理论，我觉得也非常好，包括露璐教授的乡村伦理，朱金瑞校长的企业伦理，都做得很棒。其实，乡村伦理学研究潜能巨大，看看费孝通先生的乡村社会学研究就不难明白，乡村伦理学如同乡村社会学一样，是可以创立真正之中国特色的理论高地。企业家伦理也是很有根基、很有远景的课题领域。读读张维迎教授的关于企业家经济研究的书，你们就会发现许多新的东西。还有一些王门弟子在做一些非常前沿问题的研究，都是非常好的。

总而言之，王学兴盛，王门尤盛。作为王门外的人，我看到这样的情形也感到由衷高兴。我既祝福小锡兄学术长青，心理、精神、身体永远青春，也祝愿王门的各位后学能够追随你们的导师，在你们导师的旗帜下，勇猛精进，取得更大的成就，使得王门更加声名远播，能够对当代中国学术，特别是当代中国伦理学做出更大的贡献！

谢谢大家！

**尚洪波（南京师范大学党委副书记、研究员）：**

尊敬的万会长，各位领导，各位专家，老师们、同学们，上午好！在全国上下庆祝中国共产党成立100周年的大喜日子里，我们全国伦理学界的专家学者汇聚古都金陵，共同参加王小锡先生从教40周年座谈会，下午还将参加伦理学前沿问题高端论坛，在此我谨代表南京师范大学向出席会议的各位领导、各位专家学者们表示热烈的欢迎。

今年5月份,我校社会科学学科综合排名进入了全国前1%,某种程度上也是对我们南京师范大学社会科学学科建设状态的认可。伦理学学科是我校传统优势学科,2006年就获批了伦理学学科博士学位授权点。2011年获批哲学一级学科博士学位授权点,在第4轮的学科评估中,我校哲学学科首次参评就获得了B等级,同时也进入江苏省优势学科建设行列。

近年来我们伦理学学科不断强化研究特色,经济伦理学、生态伦理学、西方伦理学、乡村伦理学,特别是王小锡教授领衔的经济伦理学,已经成为国内学术界有影响、有特色的研究方向。由于工作需要,王小锡教授教学科研跨马克思主义学院和公共管理学院两个学院,正巧这两个学院也是我分工联系的。南京师范大学公共管理学院的历史追溯到1953年,马克思主义教研室历经政教系、马列部、经济法政学院、政治与行政学院到今天的公共管理学院。马克思主义学院是我们2015年从公管院分出来的,现在也成为省委宣传部与南京师范大学部校共建的学院,同时也成为全国的重点马院。

在这两个学院发展的过程中,王小锡先生都是推动事业发展队伍中重要的成员。他于1980年进入南京师范学院政教系，历任政教系副系主任，经济与法政学院副院长、总支书记，政治与行政管理学院院长，公共管理学院院长和教授委员会主任，马克思主义学院教授委员会主任等。王小锡先生坚持教学40年，培养了一大批德才兼备的学士、硕士、博士，可谓桃李满园。坚持搞学术40年，学术思想在国内乃至国际产生了影响，其中《道德资本论》一书已经翻译成多国语言并在海外出版发行。坚持做管理服务40年，推动学院建设、学科建设不断迈上新台阶。他在担任院长期间，带领班子统筹哲学学科、公共管理学科和马克思主义学科发展，学科建设实现了“大满贯”，申报成功了马克思主义理论和哲学2个一级学科博士学位授权点和1个政治学二级学科博士学位授权点，学院的2个一级学科博士学位授权点覆盖了16个博士点，硕士点也从建院时候的4个增加到26个。申报成功国家重点学科和省优势学科，学科建设经费累计达3 000多万元。

王小锡先生治学治教、管理育人40年的经验和经历，不仅是他个人的美好回忆，也令学院管理的后来者钦敬，更是值得我们晚辈后学汲取和珍视的宝贵财富。正是因为有一批王小锡教授这样的前辈学者，勤于探索，甘于奉献，才有了今天学院和学校事业发展的辉煌。正是有了各位领导、专家的大力支持和热情帮助，我们的公共管理学院、马克思主义学院的事业发展才有了今天的局面。借此机会，我谨代表学校向各位前辈、各位领导、各位专家表示崇高的敬意和衷心的感谢。

今年是中国共产党成立100周年，习近平总书记的重要讲话言犹在耳："在中国共产党领导下，中华民族经历了从站起来到富起来再到强起来的光辉历程。"在中国特色社会主义建设新的发展阶段，伦理学学科在推进中国特色社会主义道德建设方面，也一定能够大有作为。今天我们汇聚一堂，共同探讨这些重大的伦理学前沿和现实问题，必将对中国特色社会主义道德建设和伦理学学科的发展起到重要的推动作用。

相信本次论坛的成功举办，必将给南京师范大学哲学伦理学学科的发展提供最新鲜的源头活水，同时也将极大地增进我们之间的友谊。希望南师大各位同仁能以此次会议为契机，充分吸收各位专家学者的宝贵建议，为学院发展和学校建设增加新的动力。

预祝本次活动圆满成功，预祝各位领导、专家、学者在会期间身体健康，工作顺利！

谢谢大家!

**李静(江苏省社科联秘书长,《江苏社会科学》主编、研究员):**

尊敬的王小锡先生、郭建新先生,尊敬的万俊人先生,尊敬的尚洪波书记,尊敬的主持人,在座各位学界才俊,大家上午好!

很荣幸受邀参加“伦理学前沿问题高端论坛暨王小锡从教40周年座谈会”,这是一个盼望了许久的盛会,今天终于在王小锡先生从教40周年的南京师范大学召开。请允许我代表《江苏社会科学》杂志社,主要是代表我自己向会议的召开表示热烈的祝贺!向辛勤耕耘、桃李满天下、学术成果蔚为壮观的王小锡先生表示由衷的敬意!

40年,中国的改革开放取得了令世人瞩目的伟大成就;40年,中国的伦理学研究经历了萌芽、成长、发展的不同阶段,为中国哲学社会科学的繁荣做出了巨大的贡献;40年,王小锡先生教书育人、笔耕不辍,为一批又一批年轻学子的成长,为中国伦理学的崛起奉献了大量的精力和心血。

岁月更迭,悠悠40载。尤记得,我和小锡教授相识于20世纪90年代,其时我已在《江苏社会科学》担任编辑。2000年,我刊发表了小锡教授第一篇研究道德资本问题的文章即《论道德资本》,其后又连续发表了从二论道德资本到五论道德资本的文章。从那以后,道德资本的学术观点引起了学界较为广泛的关注和讨论。一直到今天,道德资本理论体系从国内走向国际,出版了多种版本的翻译著作,成为伦理学研究不可逾越的篇章。作为一种学术原创,道德资本成为小锡教授个人的学术名片。回望过去,可以这么说,小锡教授见证了《江苏社会科学》杂志的成长,《江苏社会科学》杂志也见证了小锡教授学术生涯的不断发展和逐步深入。在此,我想说,谢谢小锡教授几十年来对《江苏社会科学》杂志的关心扶持和真诚帮助。

刘易斯·科塞认为,知识分子“为思想而活,而不是靠思想生活”,弗兰克·佛里迪也说,“成为知识分子意味着社会参与”。小锡教授以人性、历史、伦理道德为学术坐标,秉持马克思主义哲学的批判精神,以现实情怀、学人的敏锐捕捉重大的学术问题、前沿问题,建言立说。立言立德立功,这一从古至今中国知识分子的人生理想,在小锡教授身上得到了完美的体现。作为著名学者,道德资本是其立言于学界、功彪史册的明证;作为受人称道的教师，小锡教授言传身教，知行合一，垂范于后辈。

人一生中最重要的是际遇。对于一个学人来说，最关键的是跟对学术引路人。所谓一生得遇大师傅，才能窥境界，见路径，进而入象，有所进阶。在座的许多才俊，你们是幸运的，你们有幸成为了小锡教授的学生，在导师的引领下砥砺学术，陶铸人格。小锡教授对于你们而言，既是经师，又是人师。他的学问文章与精神境界犹如月照千江，润泽万物，是你们一生难得的际遇。几十年来，小锡教授培养了二百多名硕博弟子，规模宏大，影响深远。王门弟子中人才济济，各行各业成名成家者比比皆是。我为小锡教授感到骄傲，为在座王门弟子感到骄傲。

唐代诗人司空图诗云“有诗有酒有高歌，春色年年奈我何”。现代作家周作人曾说：“我们于日用必需的东西以外，必须还有一点无用的游戏与享乐，生活才觉得有意思。我们看夕阳，看秋河，看花，听雨，闻香，喝不求解渴的酒，吃不求饱的点心，都是生活上必要的——虽然是无用的装点，而且是愈精炼愈好。”这也是我想对小锡教授说的。人生的每一个阶段都有生命的不同精彩，无惧岁月，不忘自我。除了教书育人，除了道德资本，人生还可以有别样的精彩。请将您丰盈充沛的生命力、纯净坦荡的人性之光，继续照耀未来的人生之路。就像您写下的精彩的《溧阳赋》《天目湖颂》《天目湖人家赋》，散文随笔集《德与美》，等等，希望多才多艺的小锡教授在人生的另一个阶段，可以享受有诗、有酒、有高歌的潇洒时光，享受“静观花开花落，笑看云卷云舒”的惬意人生。

缘起不灭。有幸认识小锡教授，是我人生的重要际遇。感恩一切的缘分，感谢小锡教授的知遇之恩！祝福小锡教授健康永在，青春长随，生命不老！

祝本次研讨会圆满成功！

**许开轶(南京师范大学公共管理学院院长、教授)：**

尊敬的各位领导、专家、来宾：大家上午好！

由南京师范大学公共管理学院伦理学研究所主办的“伦理学前沿问题高端论坛暨王小锡先生从教四十周年座谈会”经过精心筹备今天顺利召开了。刚才尚书记代表学校致了热情洋溢的欢迎辞，在此我也要代表学院向诸位来宾表达我们诚挚的谢意。

首先我想向诸位简要汇报一下学院的发展现状。我们学院现有教职工 67 人，专任教师 55 人，其中教授 19 人，副教授 20 人，外籍教师 2 人。目前下设有哲学系、政治学系、行政管理学系，涵盖哲学、政治学和公共管理三个一级学科。其中哲学为江苏省优势学科，政治学为江苏省重点学科。学院有哲学、政治学两个一级学科博士学位授权点，哲学、政治学两个博士后流动站；哲学、政治学、公共管理三个一级学科硕士学位授权点，公共管理专业硕士学位授权点(MPA)；哲学、行政管理、公共事业管理、应急管理四个本科专业，其中哲学与行政管理为国家一流本科专业建设点，应急管理为新文科专业，行政管理专业与美国乔治梅森大学开展中美合作培养121项目。

近些年来学院在党建、学科与学位点建设、专业发展、人才培养、科学研究、对外合作、社会服务等方面都取得较为显著的成绩。我们是南京师范大学唯一的全国首批党建标杆学院，“十三五”期间，学院教师共承担国家社科基金项目45项(其中重大招标4项、重点项目7项)，国家艺术基金1项，部省级课题40多项。出版和发表了一批高质量的研究成果。入选国家哲学社会科学成果文库2部，获教育部高等学校科学优秀成果奖(人文社会科学)二等奖1项，江苏省人民政府哲学社会科学优秀成果奖24项(其中一等奖3项、二等奖12项)。

在此，我想特别强调的是，今天我们学院之所以能取得这些成绩，离不开前辈们打下的良好基础，尤其是我们的老院长王小锡先生贡献巨大。可以说老院长是我们学院事业发展的奠基人！我们学院组织和学科的架构体系正是在老院长任上搭建并发展起来的，如今老院长栽下的树木枝繁叶茂，让我们这些后辈们得以蒙荫！众所周知，事业发展最重要的要素是人才队伍，而老院长当年在培养人才方面也是不遗余力、倾注了大量心血，我本人就是受益者之一。我是 2000 年也就是公共管理学院的前身政治与行政学院建院那年研究生毕业并留校任教的，我是在老院长始终如一的关心、帮助、爱护和扶持下成长起来的。饮水思源，在此我要向我们的老院长——王小锡先生献上我的崇高敬意和真诚感谢！

除了对公共管理学院事业发展做出了突出贡献之外，王小锡先生从事科学研究和教育工作 40 年，辛勤耕耘，不仅取得了辉煌的学术成就，而且桃李满天下，培养了众多优秀人才，今天与会的很多同志便是其中的杰出代表，你们是王小锡先生的骄傲，也是我们公共管理学院的骄傲！诸位作为我们的杰出院友，长期以来以各种方式关心、支持和帮助学院的发展，我们都铭记在心，心存感激，也真诚地祝愿从南京师范大学公共管理学院走出去的每一位院友都一帆风顺,盼望大家常回家看看。

今天的会议还是一次学术盛宴,汇聚了众多国内伦理学界的知名学者,期待聆听专家们的真知灼见。我们的会议还特别邀请了尊敬的中国伦理学会会长,也是我校鸿国讲座教授万俊人先生,这实属我们的荣幸!一直以来,我们学院事业的发展得到了万老师的大力支持,在此我也要代表学院向万老师致以诚挚的谢意。相信本次会议的召开也会进一步推动我院哲学、伦理学学科的发展与进步。

最后,预祝会议取得圆满成功!谢谢!

**王刚(南京师范大学马克思主义学院院长、教授):**

尊敬的万会长,尚书记,各位领导,各位同仁,大家上午好!

首先祝贺王小锡老师从教40周年,这是他人生当中的一件大事,也是我们学校、学院好多老师包括王门弟子们的一件大事。大概13年前,也是在仙林宾馆,我作为华东师范大学的博士生参加王老师主办的一个学术会议,并以《穿越西方马克思主义神话,走向中国特色马克思学》为题发言,这是我初次结识王老师,其间我表达有意来南京师范大学求职的意向,王老师答应帮我引荐。

2009年,经过多方努力,我有幸被引进南京师范大学工作,正是王老师当年的引荐,我才得以如愿来南京师范大学,所以这里要感谢王老师的引荐。

十几年来我跟王老师交往交流非常密切,我想用三个“为”来概括自己的感受。

第一,为学。大家知道王老师可以称为道德资本家的学者,从一篇篇学术论文、一部部的学术著作,以及翻译成各种语言的外文著作,我感到王老师学术的素养、学术的水平非常高,正如万老师刚才说的,这是开了道德资本研究的一个先河,能够成为“家”,而且能够成为道德资本家的这样一个学者,在国内是很少的,这是我讲他的为学。

第二,为才。王老师从教40年,培养了一批又一批的人才。我刚才问了王老师,他现在培养了212名研究生,其中有58名博士。所培养的研究生当中,有4位是正校级领导,有3位是正厅级干部,有17位是省管干部,还有36位教授博导。这样的一批数字,反映了王老师为我们国家、学校培育了这么多人才,我们今天在这边祝贺王老师从教40周年,包括举办伦理学前沿问题的高端论坛,我认为开得非常值得、非常有意义。

第三,为人。王老师的好多弟子称他为贵师、良师、慈师等等，都是赞誉之词，我想这些都是他的弟子们在受到王老师培养和教育过程当中，发自内心写出来的一种真挚感受，我也有亲身体会。比如说，我们今年报学科评估材料，这期间我们开了11次学科评估论证会，王老师参加了9次，而没来的2次也提前请假，从这一件小事上面，说明他作为一个老同志、老专家、老教授，工作兢兢业业，为马院学科建设尽心尽力，我真的非常感慨、非常感激！这就是王老师的为人！

我想王老师的为学是钻研钻研再钻研，王老师的为才是树人树人再树人，王老师的为人是周到周到再周到。最后预祝王小锡老师从教40周年及伦理学前沿问题高端论坛成功举办！也祝各位专家、各位学者研讨、生活愉快，谢谢大家！

（写于2021年7月下旬）

# 际遇中国人民大学

我有幸于1982年秋进入中国人民大学高校教师进修班进修伦理学专业，从此与伦理学结下了不解之缘。进修期间的艰苦与快乐的学习生活，成了我一生难忘的记忆，与中国人民大学哲学系的学术之缘成了我难以割舍的情结。

求学心切，人生已过三十二个春秋的我，在我亟待深造和妻儿十分需要照顾的纠结中，告别仅出生一月的儿子和独自一人既做家务又育儿的妻子，乘上了北去的列车。

当胸前别上中国人民大学校徽那一刻，我顿觉成为中国人民大学一员十分荣耀。当进修期满手捧沉甸甸的中国人民大学进修班毕业证书时，我为成为中国人民大学校友而自豪。

当时给我们上课的老师大多是60年代就在学界声名鹊起的罗国杰、许启贤、宋希仁、马博宣、马绍孟等实力派学者。他们是一边研究一边上课，每一节课都是高强度的灌输，每一次讨论都是循循善诱，这对于如饥似渴求学的我们来说，是实实在在的精神享受。老师们的敬业精神不仅增长了我们的知识，更是树立了做人的榜样。在学员自修时间，不时地见到老师们在学员宿舍与学子们交流，既辅导学习，又指导学术，还讲解做人的道理。他们不愧为从事伦理学教学和研究工作的德学双馨的前辈。有幸的是，我们还聆听了周原冰、李琪、刘启林等老一辈名家的学术报告，这让我们受益匪浅。

那时的饮食条件还比较艰苦，每天是粗粮、细粮搭配着吃。我是南方人，面食总好像吃不饱，北方的同学总感觉米饭吃不饱，正好我们互换着吃。不过，我尽管不喜欢吃面食，但是很喜欢炸酱面，这是北京的特色饮食，且品种多样，确实让人百吃不厌。有意思的是，当年11月至来年3月前后，食堂的蔬菜主要是白菜，但师傅们变着法子做出了红烧白菜、醋溜白菜、清炒白菜、白菜丸子、白菜豆腐汤等白菜系列菜肴，还真让人没有吃腻的感觉。难以忘怀的是，同房间的三兄弟（张海仁、卢启华和我）被同学称为“三家村”，我们经常在周日改善伙食，猪头肉、北京红肠加半斤白酒，享受之中有一种传说中的“神仙”的滋味，且这种感觉不亚于当今“吃大餐”的体验。

当时，北京的冬天没有现在那么爽气，有时候大风扬沙会让人无法正常行走，沙子打在脸上有隐隐作痛的感觉。就是这样，我们的老师和同学都能迎着风沙走进教室。难怪北京的女士在冬天外出时，常用头巾包裹得严严实实，北京的男士都有长长的围巾系在脖子上。这是当时北京一景，当然，这种景观消失了最好，事实上，现在的北京已经很少有扬沙天气。

一年的进修时间很短，但是同学们都充分利用点滴时间学习交流，尤其是晚上，大家基本上都学习到半夜才休息。当时没有电脑，我硬是靠手写，做了近 10 万字的读书笔记，撰写了 25 万字的备课笔记，这为我走进学术殿堂打下了良好的基础。这份手稿是我人生的宝贵财富，它见证并标志着我艰苦的学术生涯的开端。记得进修毕业回到学校向时任政教系主任，也是毅然同意我进中国人民大学进修的冯世昌先生汇报时，先生针对我进修期间的 30 多万字的学习笔记，鼓励我说，保持这种学习专研精神，你在伦理学课程建设一定有希望。事实上，后来申报成功的伦理学博士学位授权点，应验了先生的期望。

离人民大学西门不远处就是农田，饭后散步我们经常在田间往来，夏天禾苗绿油油，冬天白雪皑皑，田园风光与高等学府相映成趣，构成了一幅诗意般的特有景观。

首都北京是中华传统文化底蕴深厚、现代韵味浓郁的国际大都市，在中国人民大学的日子里，利用节假日，我先后游历了人民大会堂、故宫、八达岭长城、颐和园、天坛、香山等，更深入地认识了“中华民族”“祖国”之深刻内涵。

人的一生丰富多彩，但影响一生的人和事不多。在中国人民大学进修的日子是我学术生涯的开端，也是我人生的转折点。这一段求学经历及其学术训练，是我一生学术动力的源泉所在。我要感谢中国人民大学及其哲学系，感谢我亲爱的老师们。

其实，在中国人民大学进修毕业后，我与中国人民大学的伦理学业务和学术联系一直没有中断。尤其是中国人民大学成功申报教育部人文社会科学百所重点研究基地中国人民大学伦理学与道德研究中心后不久，我被任命为中心的经济伦理学研究所所长，并将经济伦理学研究所专门设置在南京师范大学。平时只要由中国人民大学主办的有关伦理学学术会议，我一般都会接到会议通知，并一定按要求准时赴会，中国人民大学的老师也经常被邀参加由南京师范大学主办的伦理学学术会议。我还多次参加了由罗国杰老师主持的课题研究工作和“马工程”重点教材的编撰工作。值得一提的是，两家单位合作编撰的《中国经济伦理学年鉴》已经成了相互之间乃至学术界保持密切学术联系的纽带。故中国人民大学伦理学学科是我一生学术发展不可或缺的重要学术平台。

中国人民大学是我难以忘怀的伦理学学术发祥地！中国人民大学哲学院是我仰望的学术精神家园！

（原以文章名《在中国人民大学的日子里》载王小锡散文随笔集：《德与美（第三版）》，上海三联书店 2020 年版；本文有少许文字修订）

# 三江学院赋

巍巍三江，昊昊福地。

叠叠青山，涛涛江海。

师范学堂，三江卓立。

嚼得菜根，做得大事。

兴学求强，普天赞颂。

根深叶茂，黉门煌荣。

九庠学子，莘莘俊勇。

瞻睹煌煌，六朝古松。

天下文枢，德学承宗。

传人继学，弘扬初衷。

金陵创校，赓续薪火。

殚精竭虑，育材报国。

唯实求真，开拓创新。

立德树人，以生为本。

学术强基，卓尔不群。

致用至上，践育领军。

书府门早，逐日长龙。

授业解惑，求哲善通。

勠力同心，艰辛搏冲。

不休繁兴，创业展竑。

千夫仰慕，万民推崇。

遥指异日，气势恢宏。

九州蜚声，五洋称雄。

永葆生机，恒久昌隆。

（写于三江学院建校30周年前夕·壬寅初春）

# 走进沙漠随想

我曾经游览过鸣沙山，走进沙漠时刻，深感如果独自走进沙漠的人的确是孤独的人。

走进沙漠前不经意间伸了个人生日常之懒腰，当时没有留意伸懒腰可能招致磕磕碰碰，更不会有什么记忆，倒是一边伸懒腰一边在走路，脚不小心被不知是“人渣”有意放置还是有人无意而为的石头绊了一跤，痛了一阵子而已，再走一段路也就无所谓了。故，没有把这不经意的遭遇当回事。不过，这样的石头可能会以同样的形式再出现，因为凡“人渣”还会做这种缺德事，无意而为还有可能，因此，照样还会有人摔跤。当然，被石头绊了一跤，哪怕是绊了几跤，只有自己接受教训，小心点！对于他人来说至多是个茶余饭后的笑料，不会深究其原因和痛感。然而，这终究只是走进沙漠前的小插曲，这其实是即将感受沙漠孤独的前奏。所以，人生往往被忽略的不经意的事，恰恰是值得关注和深究的事。

我想，孤独地走进沙漠地带，会顿感友情、感情、真情乃稀有之物，也深知望天下雨、沙中求食之艰难，长久独立生存更是不可能的事情。其实，就是一个团队走进沙漠，也必然会是这种感受。

不过，沙中有金，沙中有宝，有想淘金淘宝的人不妨可以试一试。当然，凡进入沙漠的人，可以备好粮和水，利用好时空淘点金和宝。而且，三两投缘好友，互相帮衬倒不失是个苦中有乐、冒险取乐之情景。但是，沙漠无粮无水，最终远离沙漠才有乐活前程，必须互相不断提醒，及早远离自然无常的沙漠。

走进沙漠，如果碰上了极端的沙尘暴区域甚或无人区，那结局难料。故行动更要慎之又慎！

由此回眸社会，必须防止“社会沙化”现象，否则，人将不人，社会将不社会。如果社会某个角落出现“读书无用”“全面内卷”“消极遁世”“躺平懈怠”“腐化堕落”“文人相轻”“无商不奸”“官官相护”，乃至有人主张“功利主义”“虚无主义”“民粹主义”等“沙化”现象，你想离开又不可能，那就设法在“沙化区”生存下去，在竭力创造“沙化区”

生存的各种条件的同时改造“沙化区”。当然，如果一时或一地或一单位出现“社会沙尘暴”，人生也可能出现至暗时刻。处在“社会沙尘暴”中的人们也往往无所适从，进而导致：因短视，远见不见；因多虑，远虑未虑。事实上，在“社会沙尘暴”中，人们往往因防备不足的无形间距，降低了安全感；往往缺乏聚力之基，屡见一地鸡毛；往往做井底之蛙，鲜见大气、宽厚与战略思维。更有甚者，如果进入了极个别环境恶劣的“沙漠无人区”，那就看自己的能量和命运了。当然，努力乃至拼搏是必须的。

故一时或一地或一单位由灰暗到达高光时刻，尚需志士仁人真切的醒悟和心灵的汇聚，以国家、人民利益为重，善待社会，善待单位，善待他人，善待名利，善待得失，将可能产生的所谓“社会沙尘暴”“沙漠无人区”遏制在萌芽状态。

更进一步，沙漠变绿洲，山清水秀、物华天宝会有时，社会某个角落的“沙化”现象更是如此，不可能任其恶化。当然，人们须不断加强底线思维、法治思维、战略思维等思维能力，须持向上、向善、大气、大度之法宝，须有远见卓识、勠力同心和应时应景之精、气、神！

（2022 年 5 月 10 日写于三江学院）

# 120&45

今年即将迎来南京师范大学建校 120 周年，这是值得庆祝的隆重时刻。作为在南京师范大学学习、工作 45 周年的我，一辈子与南京师范大学结下了不解之缘，从一定意义上说，南京师范大学成就了我的授业和学术人生，同时，我也见证了南京师范大学近半个世纪的辉煌。我为能成为南京师范大学这棵大树上的一片叶子而感到骄傲。

为了迎接建校 120 周年，学校将先后推出一些“研究生教育之星”，我有幸作为“研究生教育之星”在学校网站首页推送，这是学校对我的信任和鼓励。我有今天，忘不了领导和老师们的精心栽培，忘不了同事们的真诚关照和支持，是南京师范大学造就了我。

对于我的人生发展状态和圈内的影响，时任中国伦理学会会长、清华大学首批文科资深教授、人文学院院长万俊人在我古稀之年的一副赠联：

大义真言，言开道德资本，终攀胜果；

宏门正学，学养文章信徒，再耀金陵。

俊人兄近期还在朋友圈推送我的著作被翻译成多国语言在海外出版发行的消息，并附上一段评说，他说：

“金陵老友王兄小锡先生躬身现代经济伦理研究，于‘道德资本’论域用心尤深，几十年如一日耕耘不辍，成就卓然，蜚声海外，令人敬佩！为学如此，当无憾焉。”

同时，我家乡原市委常委兼宣传部部长、《思有所悟》作者、人称“铁笔”的沈福新也为我题词：

小中见大一代名师，

锡赛金银有口皆碑！

福新老部长还在知悉我的《道德资本论》被翻译成多种外文在海外出版发行时说：

“《道德资本论》这本书，既不是老一套，也不是大杂烩，既不是步人后尘，也不是拼拼凑凑，而是作者积二十年之心血心智，积二十年探索求索，积二十年思考思悟，独自完成的原创性学术著作，全书既有逻辑论证的精度，又有哲理思辨的深度，更有实践应用的宽度。这部著作成为中国学术走出去的一面旗帜，一个标杆，一个范例，一个榜样。它是文明互鉴的先行大使，它是文化认同的经典之作，它是中国传播的输出样本，它是人类前进的伦理坐标！"

大学同学孟繁本专作《五绝二首》(藏头诗)说：

(一) 道德资本

道学领航人，德辉恩子民。

资深鸿钜万，本国泽阳春。

(二) 小锡创新

小院百花香，锡朋逢满堂。

创端谈概念，新岁共持觞。

同发《七律·随园同窗王小锡》：

四十余年伦理星，遐观邃学育才经。

寒窗尚忆孙康雪，夏夜长怀车子萤。
博士诗篇新气象，贤人书卷永镌铭。
春风桃李满寰宇，天下行知日日叮。

他们的抬举和评价虽过誉了，但我当作莫大的荣耀、鞭策和继续努力的方向。由此，回眸我的教学和学术生涯，我更深深地感到一辈子奉献给南京师范大学无怨无悔。特别感恩的是学校和学科平台造就了我的今天。特别感谢的是，去年年底学校在我70岁即将退休之时，于学校网站的“研究生教育之星”专栏总结并发表了我的研究生培养理念、教育教学风格和学术人生。感恩、感谢之时，我誓言继续为南京师范大学的发展尽微薄之力。

我十分荣幸将学校网站的推送内容附录于此：

## 德、学一致育英才

——王小锡教授的“育才经”

**人物简介**

一个令众多年轻学子倾慕的名字，一个学术影响走向国际并被诸多学者跟踪研究的资深学者，一个历尽艰辛且无怨无悔的研究生导师，他就是我们今天要介绍的著名伦理学家王小锡教授。

王小锡，1951 年生，江苏溧阳人，哲学博士，二级教授，博士生导师，享受国务院政府特殊津贴专家。中央马克思主义理论研究和建设工程首席专家，国家社科基金重大项目首席专家。南京师范大学马克思主义研究院院长、经济伦理学研究所所长，马克思主义理论博士后流动站负责人。中国伦理学会名誉副会长、经济伦理学专业委员会会长，江苏省马克思主义理论研究会荣誉会长，江苏省伦理学会执行会长，中国人民大学伦理学与道德建设研究中心经济伦理学研究所所长，清华大学道德与宗教研究院学术委员会委员，湖南师范大学中国特色社会主义道德文化协同创新中心首席专家。《中国经济伦理学年鉴》主编，《中国社会科学》杂志社外审专家，《中国社会科学文摘》《道德与文明》《伦理学研究》《江苏社会科学》《伦理学》《中国哲学年鉴》等刊物编委。曾任南京师范大学学术委员会委员，政教系副系主任，经济法政学院副院长、党总支书记，公共管理学院院长、教授委员会主任，马克思主义学院教授委员会主任，伦理学研究所所长，伦理学和思想政治教育博士点带头人，江苏省高校优势学科“马克思主义理论”学科带头人，教育部高等学校高职高专公共管理类专业教学指导委员会委员，中国伦理学会副会长，南京市社科联副主席。江苏省优秀教育工作者、江苏省高校优秀共产党员、南京师范大学“奕熙精英教师”称号获得者。中国校友会网大学研究团队公布的《中国杰出人文社会科学家研究报告》中入选中国杰出人文社会科学家。

## 一、善导敬德　学以成人

王小锡老师正是莘莘学子可望不可求而又欲求的“人师”，因为他始终坚守育人为本，把“导”做人作为导师的第一要务。王老师是研究伦理学的，他总是利用课内课外一切适当机会传布他的“道德经”，教导学生以德立身，以德立世，以德行事。他常语重心长地对学生说：“做事首先是做人，做不好人就成不了事。”“厚道得人缘，真诚聚人气。”“人生在世注定要与人交往、打交道，因此要老实厚道，真诚待人，只有这样才能取得别人的信任，人们才能认可你、接纳你，你才能有真正的朋友。事实上，只有在朋友的帮助下，一个人才能在做成事、成大事中积聚更大、更好的力量。”对于潜心学业的弟子，王小锡老师常常告诫他的学生说:“为学和为人是一体的,成才与成人更是一致的,要在学习研究中好好体悟。”

“美之道德乃世上难得之德,道德之美乃人间最美之美,美之德或德之美乃人生必备之生活要素,需要好好培育。”王小锡老师总是这样告诫学生要好好培养自己的美德,告诉学生做人才是第一要务,人生就是要不断地使人的世界即各种关系回归于人自身。同时,他教导学生要用乐观豁达的态度面对人生,用他自己的话来说就是“尽到努力,顺其自然;修炼德性,善待人生”。王小锡老师总是这样,不仅仅关心学生的学术本领,更关注学生的心灵成长。他认为,做人的最高道德境界应是“慎独”,最完美的表现是“诚善”,为人处事是一门学问,然“慎独”与“诚善”二者尤不可缺,他教导学生做事、做学问与做人要保持一致,要时刻反省自己的道德行为,在任何时候、任何情况下,首要的是做一个厚道之人。王小锡老师的教育生涯切实履行了自己的第一要务,始终努力将一个个学生培养成德才兼备之人!

在学生们眼中,王小锡老师的伦理学相关课程就如同人生哲学课,既传授知识和学术,又润泽人心。在他的课堂上,开明开放,学生积极热情地与王老师交流,他总是耐心细致地为学生答疑解惑。“王老师经常在课堂上和我们讨论为人处世的道理，教我们以德立世的行为准则。”他的学生曾感慨：“王老师的课堂有一种魔力，总能激发我们的兴趣，导致我们不停地研究人，不断地认识人和做人的道理。”王小锡老师坚持数十年如一日，始终坚持“以德为导，寓教于学”，而且，他总是用学问的魅力将学生导向学做人的境地，真正实现德、学一致。这种“导”做人的教育模式深深影响着学生。

## 二、精导学术　创新为本

“我首先是一位老师，然后才是一位学者。”王小锡老师还说，教师永远是他的“第一身份”，他的“第一要务”就是将学生培养成人、成才。“只有把该传承的传承下去，把年轻人都培养出来，才算不辜负作为教师的使命。”在几十年的教学生涯中，王小锡老师一直坚持为学生讲课或做讲座，对于一线教学工作，他始终保持着认真的态度，尤其是坚持不断学习，始终站在学术前沿传授学科知识，引导学生了解前沿学术。王小锡老师依仗刻苦钻研的学术成果，孜孜不倦地教诲一届又一届的学生，不仅体现了他对学术的追求，更体现了他极强的责任心，将一个个学子“导”至成才，为教育事业，为国家发展培养了一批又一批的专业人才。他在培养研究生过程中，始终强调培养研究生思维能力和学术研究方法的重要性，也因此，他用心总结了自己一生的学术研究经验，编撰了包括“学术本质”“学术类型”“学术功力培养”“学术方法”“学术境界”等内容的《学问之道》讲义。

王小锡老师的弟子常评价其老师的学术水平“仰之弥高，钻之弥坚”。他对于弟子的培养总是专业而用心，王小锡老师的弟子都表示，除了感受到老师富有水平的学术指导以外，更多的能感到老师对学生的负责与关怀，在这种关怀之下，学生学习的自觉性与老师的专业指导正向结合，使得他的弟子个个都出类拔萃。王老师总是在入学的时候要求弟子尽快确定研究方向，以便学生更快地入门。对于学生的研究方向和选题，王小锡老师始终要求：一要注重理论价值，二要具有现实意义，三要考虑学术创新和学术生命力。王老师富有远见的指导深深刻入了广大学子的心，让广大学子记住自己创造学术价值的价值，牢记自己应该为中华之崛起而读书而研究。王小锡老师学术理念深刻而精细，他总是用其清晰的思路引导弟子，“逻辑”（文字逻辑、语言逻辑、理路逻辑、板块逻辑……）、“创新”两词已经深深嵌入其学生的脑海，也体现于学生的论文之中。

王小锡老师总是会给年轻学子机会参与国家重大项目等相关课题的申报、研究工作，带领其学子广泛参与学术活动与学术研讨。他治学特别严谨，学术要求特别高，对学术指导总是认真负责，一篇篇文稿总是反复地帮助学生修改，一次次叮嘱总是在关键节点上。在别人欢度春节的时候，王老师依然不忘对学生写作论文的指导，或者展卷批文，或者电话督促。他的弟子曾坦言，在别人欢度春节的时候，王老师在大年初一、或初二、或初三经常打长途电话督促弟子，在春节放假之际依然不忘对学生写作论文的指导。在与弟子的交流中，学术创新始终是交流的主题。他对于学生的学术指导竟是如此认真，难怪毕业弟子个个都是卓有成就！王小锡老师的专业底蕴和他虚怀若谷的品性让学生感到了学术之美与人生之美，让每一个学生都拥有了更高的精神追求，在这个意义上，王小锡老师为学生们创造了独特的精神家园。

“师者，所以传道受业解惑也。”王小锡老师虽然自己为人、治学严谨严格，但是对待学生如同对待自己的孩子一样，关爱有加。不仅回答学生学业上的难题，也及时帮助学生解决生活中的难题，让学生处于身心放松的状态登上学术创新的平台。王小锡老师费心帮助自己的学生却从来不求回报，也真诚希望学生学术进步甚至能够超越他，这种气量和格局实在难得。在这种大度无私的学术指导下，学生只会做出更好的成绩、拿出更好的科研成果来回应老师的教育指导。

## 三、学术立身　率先垂范

王小锡老师总是身体力行，树立榜样，影响一代又一代弟子成人成才。他在告诫弟子要以学术立学、以学术立身的同时，自己率先坚持学术立身，努力钻研学术，成为学术标杆。王小锡老师的学术人生很单调，他工作之余，除了读书研究还是读书研究，没有其他业余爱好，朋友说他是打牌"三缺一顶不上的一个呆子"，节假日时间基本上是用来研读文献、撰写学术论文或著作，平时经常是通宵达旦搞学术研究。王小锡老师认为，时间的应用与学术成果是成正比例的，用他自己的话说，学问是靠充分利用微小时空做出来的。王小锡老师学术努力和成就表现在先后承担了马克思主义理论研究和建设工程重大项目"经典作家关于意识形态、先进文化和道德的基本观点研究"（首席专家之一）、马克思主义理论研究和建设工程重点教材《伦理学》（第二版的首席专家之一）、国家社科基金重大项目“中国经济伦理思想通史研究”（首席专家）、国家社科基金重点项目“商业伦理与企业核心竞争力研究”等6项国家社科基金项目和教育部人文社会科学重点研究基地重大招标项目“经济伦理道德研究”课题的研究工作等，作为主要成员参与了中央马克思主义理论研究和建设工程项目《伦理学》（第一版）和《思想道德修养与法律基础》的教材编写。

王小锡老师先后著、主编有《伦理学》《经济伦理学》《道德资本论》等30多部著作。在《中国社会科学》《哲学研究》《光明日报》《道德与文明》《伦理学研究》等报刊发表学术论文130多篇，其中40多篇被《新华文摘》《中国社会科学文摘》《伦理学》等相关权威刊物全文转载。先后有7项研究成果分别获江苏省哲学社会科学优秀科研成果二、三等奖，有1项研究成果获江苏省高校人文社会科学优秀科研成果一等奖，有1项研究成果获中国伦理学会首届（30年）“学术成果奖”著作类一等奖。

早在20世纪90年代，王小锡老师面向我国经济发展的现实，在我国较早开展了对经济伦理学的研究。他在1994年就发表了我国研究经济伦理学体系的第一本学术著作《中国经济伦理学》和第一篇学术论文《经济伦理学论纲》,而后又创造性地提出并论证了“道德资本”“道德生产力”等概念。王小锡的学术成就获得了学界的公认,中国共产党新闻网《专家专栏》设置有《王小锡专栏》。连续名列长安大学中国人文社会科学评价中心发布的“中国哲学社会科学最有影响力学者排行榜”,其中,在2015年研究报告中,名列全国“哲学”学科第7名、“伦理学”学科第2名。中国校友会网大学研究团队公布的《中国杰出人文社会科学家研究报告》中入选中国杰出人文社会科学家。学界诸多名家也给予了高度赞誉,中国伦理学会原会长、中国人民大学原副校长、博士生导师罗国杰说:“小锡同志多年来潜心研究伦理学尤其是经济伦理学理论问题,发表了系列具有创新意义的研究成果。他兼职中国人民大学教育部人文社会科学百所重点研究基地伦理学与道德建设研究中心经济伦理学研究所所长,以自己的特色研究,为中心增添了学术亮色。”中国伦理学会会长、清华大学人文学院院长、一级教授、教育部长江学者特聘教授、博士生导师万俊人说:“经济伦理学是当代最为突显和重要的应用伦理学研究领域。王小锡躬身其中,耕耘有年,成果斐然,尤其是他提出并努力证成的‘道德资本’‘道德生产力’等关键性经济伦理学概念，在国内外学界影响甚大。”中山大学资深教授、博士生导师章海山曾说：“在经济伦理学术上的成就和突破，在伦理学界始终在最前沿，做出了重大的贡献，有力地推动了我国经济伦理的深入研究，无人能及的。这不是溢美之词，而是多年来关注的结论。”

王小锡老师的学术影响还从国内走向国际，产生了一定的国际影响力。他的《中国传统经济伦理思想》一书被翻译成韩文在韩国出版。《道德资本研究》作为江苏省哲学社会科学规划领导小组经专家评审批准的首批外译著作立项翻译出版，《道德资本研究》（英文版）获得第十四届输出版优秀图书，《道德资本研究》（塞尔维亚文版）获得第十六届输出版优秀图书，《道德资本研究》（英文版）还获得版权输出奖励计划，《道德资本研究》（日文版）已经在日本出版发行。《道德资本论》一书已经被翻译成英文、德文、泰文在海外出版，俄文版正在翻译出版进程中。王小锡老师也因此多次被邀请到国外讲学或国际学术大会演讲。

值得一提的是，多年来王小锡老师的学术成果尤其是关于道德资本观的原创性研究，受到学界的广泛关注，一些老、中、青学者在跟踪研究他的学术思想，并发表诸多研究王小锡学术思想的文章。这说明王小锡老师研究成果的非凡学术价值。尤其是,《求是学刊》2021年第2期发表了常延廷研究员的题为“从《道德资本论》的国际传播看中国学术‘走出去’”的国家社会科学基金项目“中华文化国际传播的规律及其路径研究”的中期研究成果。这种被学界跟踪研究王小锡学术思想是学界难得的学术现象。

王小锡老师获得的学术成就以及所取得的诸多荣誉,印证了他真诚求索的品格和坚持做人、做事、做学问之高标准严要求的风格,这为一代又一代学子做出了榜样示范!也因此,《社会科学战线》2013年第2期以“伦理学家王小锡”为主题发表了一组王小锡参加学术活动的照片和一篇研究王小锡学术思想的文章,2019年8月19日,《光明日报》“光明学人”版以“王小锡:美之道德与道德之美”为题,整版报道了他的学术人生和相关学术成果。

**四、桃李芬芳　传承希望**

“导师即为人梯,不希望甚至害怕弟子超越自己的导师不是好导师。”王小锡老师的散文集里的这句话道出了一位教育者真正的担当精神和无私奉献精神。事实上,真诚培养学生,为国家输送卓越人才,努力为国家、为社会奉献自己的一切是王小锡老师一生的追求。走进王小锡老师，就会发现他“人之为人在德，德之为德在人”的生命情怀。

王小锡老师正是秉持着对学生负责、对学科负责、对社会负责的态度，在40年的研究生培育生涯中，他培育了一大批优秀的学生，桃李芬芳，且弟子们也是硕果累累。至今他已经培养和正在培养博硕士研究生计214名，其中博士生58名(有2篇博士学位论文获得省优秀博士学位论文)。在已经毕业的学生中，大都在普通工作岗位发挥着重要的作用，其中包括4位高校正校级领导和3位正厅级党政领导干部在内的17位省管干部，35位教授或博士生导师在内的150多位高校或省级以上党校教师。同时，在毕业的博硕士研究生中，有承担国家重大课题的，有在《中国社会科学》发表学术论文的，有在国家级中外合作经济项目(工业园)中发挥主要领导作用的，等等。

王小锡老师经常说，他一生有两大幸事：一是培养了一批弟子，且工作中个个出类拔萃；二是学术创新形成了自己的学术思想和学术特色，并在国内国际产生了较大的学术影响。其实，还值得称道的是，他在古稀之年即将退休的今天，已经为南京师范大学工作了42年，其中在担任南京师范大学公共管理学院院长的12年中，学术和学科平台建设始终是王小锡的业务主旋律，并取得了公认的“大满贯”成就。学院由原来3个学院共有1个二级学科博士学位授权点，发展到涵盖16个二级学科博士学位授权点的2个一级学科博士学位授权点；由原来4个二级学科硕士学位授权点，发展到拥有26个二级学科硕士学位授权点，国家重点学科和省级重点、优势学科、重点研究基地等应有尽有。2019年，他作为江苏省优势学科带头人的马克思主义理论学科在教育部评估中获得了“A”级。其实这何尝不是为把研究生培养成才提供了一个奋斗、奉献出彩的直接的、独特的视角参照系。

王小锡老师一生奋斗、奉献于人才培养，他对于一生从事繁重而有压力的学术和教书育人事业无怨无悔。他说，如有来生，还是要当好一名教师，为民族振兴尽天职、育人才。这体现着身为一名人民教师的信仰和梦想，为我们竖立了新时代追求理想、拼搏奋斗的标杆！

——南京师范大学官网阳光网2021年12月27日发布于“人物故事”——“研究生教育之星”，马克思主义学院供稿，马海港、张大华、陈祝峰编审。

（写于2022年初春）

# 荣 退 有 感

近日我参加了南京师范大学的荣退仪式，这对于已达70周岁的我来说是一生工作的“终点站”。其实，就像过年一样，年三十与年初一是一年又一年的重要节点，这是先祖依据气候和农时所约定俗成的节日。然而，年三十和年初一或年三十过渡到年初一，对于自然和人类来说仍然只是平时的昼夜替换、生活日常，并没有本质的区别。同理，退休了只是职位和待遇的变动，人生的历程照样继续向前，甚至后来的历程可能会更加丰富多彩。

好友问我，在位忙碌一辈子，突然退岗，有失落感吗？我的回答是不仅没有失落感，反而觉得一身轻松，很惬意。事实上，古稀之年的我真想休息了，同时，我一生努力了，在顺其自然理念下，我没有任何遗憾。说实话，努力的人生就是成功的人生。至于努力后的成就，有的与努力成正比，有的又与努力不一定有必然联系。因为，社会是复杂的，社会的评价机制也是复杂的，而且环境和条件总有时代的特点，不要把努力与成就画等号。更有甚者，如果某地区、某单位或某个时段的人为因素操控着成就评价机制，那努力和成就评价就会有偏差。为什么有的人获取相关奖项、荣誉等这么容易；为什么许多往往卓有成就的人得不到应有的荣誉和地位，这其中道理可想而知了。所以，人生成就的评价有许多不确定性，不需要与自己的努力画等号，更没有必要有失落感。

回忆自己的一生，我努力了，但自己的成就尚属一般。不过，荣退仪式让我增强了自信。校党委王成斌书记在荣退仪式的讲话中特别提到我等 4 位教授，他说："在今天到场的荣退教师中，有几位资深专家、二级教授，他们是：马克思主义学院王小锡教授……。长期以来，他们厚生育人，潜心科研、攻坚克难，为学科、学院和学校发展做出了重要贡献。"王书记这段话是对我等教研人生的经典总结，是我的荣耀。感动之际，心存感激，决心为南京师大的发展继续尽微薄之力。

一生 45 年在南京师范大学学习、工作，感情之深不是一两句话可以形容的，我暂且用“学校是我家”形容。是啊！家始终是情感、心灵的重要依托，家是和谐、温馨的生活港湾……

说实话，我在南京师范大学的一生是艰难困苦的一生、压力伴随的一生。说艰难困苦是指在几十年尤其在12年公共管理学院院长任上时，繁琐庞杂的工作中遇到了难以理解的矛盾、无法理喻的人和事。好在在领导和同事们的指导、支持和帮助下，我的学业、学术和工作一直在向前推进。说压力伴随，是指几十年的奋斗，工作、业务需要两不误。工作上不去，对不起学校和全院教职工的信任。业务上不去，影响学科建设，对不起培育我的老师们，也无法起到带头作用，确实“压力山大”。不过，说实话，艰难困苦锻炼人，“压力山大”促进人的快速发展。同时，事实也说明，艰苦奋斗、日积月累必有成就。在我任职院长期间，在校领导和同事们的支持和帮助下，增加了一批博士点和硕士点。在自身的学术发展上，先后承担了6项国家社科基金项目(其中重大2项、重点1项)的研究工作，在研究成果中，仅独创的道德资本观及其所发表的著作就被翻译成英文、俄文、德文、日文、塞尔维亚文、泰文等在海外出版发行，其中关于道德资本研究的第一本著作《道德资本研究》，被国外专家称为“具有国际水准的力作”（塞尔维亚出版社总编语，《中华读书报》2017年8月23日）。

难以忘怀并由衷感恩的是，我在各届领导的支持下逐步实现了我的人生夙愿。我是一位生长在农村、小时候家里靠吃“预借粮”过日子的穷孩子，父母是一字不识的文盲，当初最大的愿望是牢记姑姑所嘱，好好读书，将来成为能识字的先生，为王家争光。随着时间的推移，我的人生愿望也在不断变化，当然是目光渐远，目标渐大。大学毕业留校工作，我决心当好一名大学教师，而后走上中层领导岗位后，我头脑清醒地告诫自己，工作和业务双肩挑，绝不能一头重一头轻。在我22年的双肩挑历程中，先后在学校六届领导的麾下工作，一直得到领导的支持和提携，使得我得以不断有所进步。我始终以感恩的心铭记诸多领导。记得冯世昌老师担任政教系主任时打破常规将我这个担任辅导员的年轻教师送去中国人民大学伦理学高校教师进修班学习，这为我担任伦理学科教师及后来由伦理学一门课程发展到具有伦理学博士学位授权点，并由此申报成功哲学一级学科博士学位授权点打下了专业基础。在冯老师担任南京师范大学党委书记期间，我荣任了政教系副系主任，冯老师经常告诫我好好工作，不辜负老师们的培养，并默默地支持着我的工作。特别是在我担任公共管理学院院长期间，已经退休在家的冯老师，始终关心我的学院工作，为学院事业的快速发展提供了宝贵的支持和帮助。还记得王臻中老师在任南京师范大学党委书记期间，在我工作、学业顺利时鼓励我，在我工作、学业遇到不顺甚至莫名的麻烦时以保护年轻干部的胸襟和姿态支持我。当时在让我感到温馨的同时，我立志以积极工作的实际行动感恩王老师。还记得公丕祥老师在任校党委书记兼校长时，政治与行政学院成立，经一年的学院建设运作，我感觉从学科建设、人才培养、社会影响等方面来看，学院名称改为公共管理学院更为合适，而后在学院的申请下，公老师欣然同意刚成立一年的政治与行政学院更名并加大了支持力度，随即公共管理学院迎来了学科建设、人才培养、社会影响等方面更新气象。还记得沈健老师在任校党委书记时，曾经经由党委办公室要我为校党委常委会做一次关于中国特色社会主义理论的学习讲座。接受这一任务，让我受宠若惊，同时我深感压力不小，暗自下决心，认真备课，讲出水平，讲出效果。而后讲座效果受到领导们的肯定。这次讲座，不只是对我个人的鼓励，更是对马克思主义理论教学和研究的一次检验和推动。还记得宋永忠老师时任校长期间，我在一次当面汇报工作中提出要成立哲学系。原以为正值全国哲学发展不景气、哲学专业本科招生不理想的情况下，宋校长会有疑虑，然而，他却当即表态说，综合性院校应该有哲学系及其哲学专业，同意立即着手筹备。而后，我们经数月的筹备成立了哲学系，这为后来哲学学科的发展乃至哲学一级学科博士学位授予权申报成功打下了坚实的基础。还记得文晓明老师在任校党委书记时，在我任院长职务到届时，决定让我延长任职时间，这为后来马克思主义理论学科在教育部评估中获得“A”级争取了更多的时间和条件。回想起来，在南京师大工作42年，诸多主要领导和相关主管领导都有恩于我，他们的境界和品格是我一生学习的榜样。

同时，在我40多年的从教以及科研活动中，难以忘怀并由衷感恩的是，学校同仁的鼓励和支持。我的学术成果在国内乃至国际产生了较大影响，离不开同事们的支持和帮助。我记忆犹新的是，华桂宏教授（现任江苏师范大学党委书记）在我起步于“道德资本”理论研究时的支持。今天我的道德资本观之相关著作已经被翻译成多国语言在海外出版发行。然而，我的第一篇学术论文《论道德资本》于2000年成稿前后，因论文内容涉及经济学，故我多次与经济学教授华桂宏博士交流、讨论，他不仅支持我的学术观点，而且提出了一些学术建议，特别是当我考察学界学术信息时，发现当时的经济学教材还没有“资本”这一范畴而对发稿有疑虑时，他支持我将手稿放心发出去。此后，华桂宏教授还数次与我合作研究相关道德资本理论问题，并合作撰写出版了著作、发表了相关学术论文，有经济学教授的合作和支持，极大地增强了我深入研究道德资本理论的信心。王跃教授是研究中共党史的，但是在我的最初几篇研究道德资本理论的文章发表后，时任公共管理学院政教系主任的他，十分清楚道德资本理论提出的重要意义，并很早就利用各种机会大力宣传我的原创道德资本观，这在当时是十分难得的举动。还有，当我还是讲师时，教育教学工作就先后获得了甚为欣慰的荣誉。我于1988年就获得南京师范大学全校为数不多的“优秀教学一等奖”，1989年就获得“江苏省优秀教育工作者”称号，作为1983年7月才从中国人民大学进修伦理学专业毕业回来的年轻教师，我着实是幸运的，也感到非常荣耀。然而，我忘不了崔文琴、顾士明、胡文瑞、金正娥、刘德华、陆道廉、李淑、李振坤、苏仲坡、王乃禧、许复宁、徐正祐、赵锡琪等一批老教师对我的教研工作的关心和指导，他们是我永远的敬仰和记忆。

在南京师范大学工作的一生，确实是感悟颇多：学校、学科是教师发展的平台，离开了这个平台，个人发展的速度和质量必将会受到一定的影响，甚至可能什么也不是；今天的校风和师魂直接影响人才素养，学生的未来一定会不同程度地承继母校及其教师的“基因”，因此现在学校和教师的形象在一定意义上就是学生的未来；学科、学术发展目标既定，咬定青山不放松，一步一个脚印向前进，即使达不到最理想目标，但总是会离最理想目标越来越近；教师的最大贡献体现在培养人才的质量及其人生成就上面；学校的根本任务是培养人才，教学、科研、管理等都是为了提高人才培养质量而展开，否则是误人子弟；大学要有大师、大楼，更要有大气、大度、大善之品质；大学教师如不站在学科或学术前沿讲课，就无法引领学生站到学科或学术前沿并产生创新意识，更无法有效培养学生的创新方法和手段；合格的大学老师不只是已有科学知识的传声筒，教学的基本任务是传授知识，但根本目标是培养学生分析问题和解决问题的能力、加强实践操作的本领、切实掌握科学研究的方法；小学、中学、大学的人才品德培养是一项系统的递进工程，如何科学认识和推进小学、中学、大学的人才品德培养的逻辑进程，是需要不断深入研究的重大课题；学术的本质是创新，没有创新的文字、文章乃至著作其实是文字垃圾；科研评价代表作制起始之日，即是科研境界逐步进入完美、科研质量快速提升之时；学科和学术带头人需要有宽广的胸襟、合作的精神和舍得付出的境界；等等。

（写于2021年12月中旬）

# 我们这辈子

近年经常有人用文章或微信谈及20世纪50年代出生的特殊的一代人，阅后颇有感触，思绪万千。

我作为年逾稀龄的老人，是新中国成立后出生的第一代人。伴随着新中国的建设与发展，我们这一代人经历了经济建设、政治运动、文化发展、社会治理、生活追求等等太多太多的故事，值得记忆的也很多很多。

就生活追求方面，可以说，我们这一代人衣、食、住、行等经历了翻天覆地的变化。

俗话说，人生在世"吃穿"二字。就吃来说，我记忆最深刻的是在20世纪50年代短时间内的"放开肚皮吃饭"，整个村的村民同在一个食堂吃饭，可谓是味道好、肚子饱。可好景不长，很快食堂揭不开锅，大家各自回家吃自家饭。然而，稀饭度日却成了常态。在60年代初的三年困难时期更是吃了上顿没了下顿。记得1967年“文革”停学在家参加生产队劳动，这一年先后于夏收夏种和秋收秋种前的两顿劳动力聚餐，我一辈子难以忘怀。每桌两盆菜，一脸盆红烧肉和一脸盆炒青菜，平时大家基本没有肉吃，此时是大块吃肉，可谓舒畅、惬意。因为穷，平时大家不要说吃肉，就连白米饭也是难得吃上一顿，凡有白米饭吃，那不用菜可以一口气吞下一大碗或两大碗的。现在是想吃什么就可以吃什么，出现了在当初想也不敢想的蔬菜比肉贵的情况。就穿来说，小时候每年大年初一穿上一件新衣服，平时大多穿的是破了补、补了再穿的旧衣服。我所见到的是只有结婚新人穿全新衣服，一般人平时穿全新衣服的极其少见，即使有，也会让人觉得怪怪的。高中毕业后我参加了当时时兴的公社组织的农村工作队，后被选拔到公社机关工作，在一次农业现场会议结束后，领导质询我为什么穿一套新衣服参加农业现场会议，尽管我解释是因为工作忙来不及洗已经换下的一堆旧衣服，但自责之心延续了好几天。1973年我参加了在南京召开的江苏省团代会，会议组织义务劳动时，看到当时的团省委领导穿了有补丁的上衣，在不觉得新鲜的同时，也让我肃然起敬。现在不同了，尽管主张节俭，但补丁衣服是不可能上身的，日常穿一套新衣服也觉得自然、自在，有的人甚至不同场合、不同时段也会穿不同的新衣服，且衣服式样也在不断变化。

说行，我小时候在县城读书，数公里路程全靠两腿走路，平时走亲戚，一二十公里也往往不乘公共汽车或轮船。到了20世纪70年代，家中拥有一辆自行车已经是了不得了。读大学时，班里南京同学带来的一辆旧自行车，成为全班同学的公用交通工具。记得我在上大学前，家乡溧阳城里，除了少见的卡车和长途公共汽车外，只有县委机关拥有一辆吉普车，城里也没有红绿灯。还记得1996年，我随中国伦理学代表团去韩国访问，一到韩国首都汉城(后称首尔)让我惊讶的是，整个汉城像一座流动的汽车库，整天车流不息。现今我国大小城市也都是流动的汽车库，停车难已经成为城市的一大怪现象。现在看来，交通工具不发达，虽然对生产、生活带来很大影响，但倒是被动锻炼身体的好机会。当然，不能为了被动锻炼身体而不发展生产、不完善生活，而应该在经济社会快速发展的境况下主动锻炼身体，这正是两全其美啊！

小时候我妈妈的一句话使我终生难忘，她说，社会主义好，今后每家每户会是楼上楼下、电灯电话。这是新中国成立后对未来生活的愿景。不过，很长一段时间，我们家是6口人住20多平方米的茅草屋，村上30多户人家的房屋30多年没有变化。20世纪60年代以前，全村没有电灯，煤油灯是我晚上做作业的唯一光源，昏暗灯光陪伴了我的童年。全村只有一户人家有有线广播喇叭，每到广播时间，经常聚集一群老少村民一起听广播。什么电话、收音机等，那是想也想不到的。电话、电视机只在20世纪80年代初才开始逐步为家庭所有。记得我在南京师范大学随园校区西山宿舍区居住时，整个小区只有服务站一部电话机可以传接电话，这已经方便了我们的通讯和生活。后来家庭能装上电话分机着实让我兴奋了好长时间。现在呢？家庭座机基本上是摆设，每人一部手机是常态，而且好多手机里有两个号，这通讯条件已经到了随心所欲的状态。以前快速通讯是电报，发电报是按字数收钱的，因此，我每次拟电报稿要再三斟酌，尽量不多花钱。现在呢？文字上千上万，都可以通过微信发到地球任何角落。

生活的变化与国家的发展和强大是分不开的。近代史上落后挨打是我国的国耻，然而新中国从一穷二白发展到今天的世界第二经济体，这是多么振奋人心的现实。是啊，从我懂事起，就开始知道我们国家地大物博、人口众多，但是很穷。当亚洲包括我国台湾地区在内的“四小龙”崛起的时候，既羡慕又沮丧，急切地希冀我国发展成为世界强国。幸运的是，我国改革开放后的飞速发展，使得我国经济建设、民主政治建设、文化建设、和谐社会建设、生态文明建设和国防建设取得了举世瞩目的成就。三名宇航员在我们的空间站进行驻站 6 个月的工作；我国近年的抗疫取得了“最安全国家”的伟大成就；2008 年奥运会的成功举办和 2022 年举办的冬奥会；小康社会的全面实现，等等，使得我们中国人扬眉吐气，也使得我们这一代人经历了我国从站起来到富起来，再到今天的强起来的发展。

我们这辈子确实很幸运。提起 20 世纪 80 年代前的生活，对于年轻人来说像听天书，但我们真真切切地经历了。20 世纪 80 年代后步步高的生活状态，对于我们前辈来说做梦也想不到，但我们实现了。

我们这辈子是认知世界、生活质量超越前辈的幸福的一辈子，是记入历史的一辈子，是值得记忆的一辈子。

在一次朋友的聚会中，在谈到我国经济社会快速发展时，大家十分感叹。我的好友、现任三江学院党委委员、宣传部部长的余雪冰副研究员说：“我们这辈人与前人相比，由于经济社会的发展，尤其是科技的快速发展，我们的人生经历相当于跨越了前人的几辈子乃至数十辈子人生。”是啊！正常情况下，后人与前人相比，其所接受的新知识和享受新科技条件下的生活，越往前比，越觉得跨越了前人几辈子乃至数十辈子的生活境况。更何况我国40多年来的改革开放，更是让我们的国家一跃跻身于世界强国之列，因这种经济社会快速发展带来的生活境况而感觉跨越前人数十倍乃至数百倍的光阴、享受前人做梦也想不到的美好生活是我们这辈人的切身体验。

我们这辈子，经历了我们国家和人民从站起来、富起来到强起来；我们的生活由贫穷到富足再到美好。

由是观之，我们这辈子，相对于以往的人们，提升了生存境界、扩展了生存空间、提高了生存质量，还相对拉长了生存时间。我们应该是空前的一代人，值得骄傲和自豪。

（写于2022年春节）

# “先走了”随想

在家乡的一次朋友聚会上，因我要赶乘高铁列车回南京，席间我起身告辞说：“我先走了。”随即一位初次见面的朋友说：“你的告别话语不当，‘先走了’三字不吉利，应该说‘先行离开了’。”我当时马上改口，并在一片笑声中向诸位朋友告辞。

回想起来，感觉这个朋友说的倒也有道理，因为“走了”的俗语可以是指“死了”“去世了”，故某人死了一般会说某人“走了”。这言辞是对死和死者的敬畏和尊重，当然，也内涵或说明人们忌讳说死，甚至也是怕说死。

求生本能人皆有之，但是“走”是必然的，只是在什么时候、什么情况下“走”，各人不一样，也无法预测。不过，由于人生之必然和偶然因素的辩证机理，人在什么时候什么情况下“走”，又是“定了的”，当然，这“定了的”既然是由人生必然和偶然因素的辩证机理决定的，这就意味着人可以通过积极努力、健康生存在时间上和空间条件上改变“定了的”。故，没有必要没话找话提死的话题，更没有必要怕谈死或怕死。因为，活着没有死，死了不知死。由此，坦然面对死的话语、死的问题和迟早必死的现实，这是对生的理性认识和把握，体现的是乐生的境界。

小学徐明老师上语文课时说的一句话使我终生难忘，他说：“人生下来就开始走向死亡，应该好好珍惜和享受由生到死的过程。”细细品味，这句话是内涵深刻的人生哲理。也就是说，人总是要死的，但生着就应该有意义地活着，就应该过好每一天。然而，有意义的人生，乐活每一天，这需要是积极的人生，努力的人生。否则，活着等于死了，享受也是不可能的。

人生百年，瞬间即逝；人身金贵，宇宙尘烟。不过，虽人生时间短暂，但依偎于华夏和地球，万众雄赳赳漂移于浩瀚宇宙，霸气；虽人身终乃尘烟，但实在于智慧和博行，万千精气神延续着宇宙精灵，豪气。

我和我夫人都是研究哲学社会科学尤其是人生哲学的，对生死看得比较透，因此，我们对死的话题从不忌讳，且有许多共同话语。例如，我们都认为，到病重不治时，绝不做开刀插管之类手术，因为此时在痛苦中多活几天已毫无意义，少活几天已无所谓，早"走"就是一种"解脱"。所以，我是主张"安乐死"的。我们还认为，一旦"走了"，没有必要举行什么告别（哀悼）仪式，设灵堂更是麻烦亲朋好友，至于什么追思会之类的活动也应该免去。我们不喜欢此类让人心情沉重的相关仪式。说实话，不搞告别（哀悼）仪式，给熟悉的亲朋好友留下鲜活、气强的形象是最好不过的"结局"。同时，不开追思会，给亲朋好友留下他们各自内心的记忆、认识和评价，这不失为一件有意义的事。我们还意见一致地决定，一旦我们先后"走了"，最好一起陪伴常青树的生长。

现在，老者愿意写遗嘱，甚至 30 多岁的年轻人也时兴写遗嘱，而这对于我和我夫人来说，没有更多的必要，因为对于家人来说，该交代的做人问题、发展问题、生活问题、家产问题和图书资料问题等，平时有意无意都说了，我们相信家人和子孙们不会辜负我们的基本理念和希望。对于他人和社会来说，我们想说的心里话乃至一些人生理念在发表的文章和著作中都有，期盼在遥远的将来，学界乃至社会还有人在阅读和研究我们留存的文献。更希望我在海外出版的《道德资本研究》(英文、日文、塞尔维亚文)、《道德资本论》(英文、德文、泰文)、《道德资本论(第二版)》(俄文)、《中国传统经济伦理思想》(韩文)等著作能不断地有国外学者关注。如果国内学界给予我的“道德资本家”雅号能在国际上获得赞赏和认同,并在国内和国际继续有人进行着道德资本理论和实践问题的研究,那应该是我人生最大的幸事之一。

人们常说,“儿孙自有儿孙福”,言下之意是不要太关注或纠结于儿孙的发展与痛痒。辩证地看,教育、帮助儿孙是做家长的责任,义不容辞。但是,到了一定的时候,尤其是儿孙们长大成人了,儿孙自有儿孙的发展理念和生活主张,长辈们的确没有必要事无巨细地操心,至多给以必要的提醒、帮助和指导即可。同理,对于一个单位和一项事业来说,原来的所谓领导人、带头人、负责人等,不管后继者承继你在位的领导、带头、负责时的元素有多少,事业总是会发展的,即使有曲折,也是发展过程中的特殊节点,不必过多担心甚至瞎操心。后人自有后人样,对于正常的、有成就的领导人、带头人、负责人来说,像样的后人是你的荣耀,不像样甚至背叛你的后人也能佐证你的荣耀。故,一切担心皆是多余。更何况,好的经验,好的思想，好的成就，不管他人有何评价，它都在那里，有价值的精神财产和历史记忆是黑不了、抹不了的。更何况，离岗了或退休了，担心就是不信任，招人嫌弃，何苦呢！为此，百年以后的人和事更不用你来担心会怎样。要知道，不管道路多坎坷，时代车轮一定是不断向前的；就是阴雨天，太阳也是照常从东方升起，只是暂时看不见太阳而已。

中国人有句俗话，即“人死为大”，这在一般情况下，人们应该持有这一理念，因为，既然人已经“先走了”，给一点尊重、敬意、宽容和同情是人之良心使然。假如在人的身后说三道四，甚至或暗自窃喜、或幸灾乐祸、或泼脏水等等，那是不成熟、不理智的“小人”之举。而且，事实上，在人身后有这种心态和言行的人，缺少了人基本的生死哲理。要知道，尽管你是年长者，但说不定没有“善终”，比“走了”的人更惨；要知道，尽管你是年小者，但说不定你还活不到这个年纪；要知道，尽管你是同龄者，但说不定接着“走”的人是你自己。故有必要对“先走”之人说三道四、暗自窃喜、幸灾乐祸甚或泼脏水吗？因此，避免这种完全有可能“五十步笑百步”的人生境况，敬畏生、敬畏死、敬畏德，是人生智商、情商之“要领”。而且，有此智商和情商的人，心态好，而心态好是人健康长寿的重要基石。

人生难得知己，因此同道可以很多，但朋友定是有限的。哪怕是我 210 多名研究生弟子(其中有 58 名博士研究生)，也不一定个个都是朋友，更何况有的“不齿”的曾经的弟子，早就进入了人们的“鄙夷视域”。因此，不要想着“走了”还会有多少人把你当回事，甚至永远记住你。更何况，朋友都有忙不完的事，哪来闲心总是关注“走了”的人。为此，活着照顾好自己，不断完善自己，心安理得“走”，无怨无愧“走”，无须考虑身后的评说。身后产生不同的评说，那是最正常不过的事情，因为任何人的一生言行不可能完美无缺，更何况，社会是复杂的，人们的评价眼光也是不可能“一条视线”或“一个标准”。当然，如果被“人渣”恶意中伤，那不仅不是坏事，更是你的一种荣耀。至于一些人生理念或理论观点，不管身后受到他人的赞赏还是批评，那都是一件好事，说明人们在关注你的思想和行为。并且，对赞同或反对理由的阐释和辩论，最终都只会说明真理就是真理，谬误就是谬误，并进而要么进一步明确甚至完善了你的有价值的思想，要么在你的被质疑的思想激发的辩论中推动了思想的进步。

当然,“走了”留下影响他人的精、气、神,甚至留下产生学术价值或社会影响的思想遗产,说明你还在浩瀚宇宙漂移,还在一定意义上影响着宇宙精灵,那就意味着你“没走”,这有多好啊!

我希望“百年”之时是轻松地、悄悄地、没有遗憾地“走”,愿“走”后有亲朋好友随即再欣赏和转发我的这篇散文,并在平静的心情中深思文中相关理念。

祈愿我们都向长寿进军!祝愿人们尤其是后生们都能赶上特长寿乃至永不消逝的生物科学技术,让人生活得更加精彩。

(写于2018年春天;原以文章名《先走了》载王小锡散文随笔集《德与美(第三版)》,上海三联书店2020年版;本文有少许文字修订)

# 葡萄随想

记得有一年葡萄成熟时我去市场买鲜葡萄，当我看中一葡萄品种时，随即询问摊主葡萄是甜的还是酸的，摊主脱口而出，葡萄是甜的，我即说不买了，我要买酸的葡萄，摊主即刻改话说，这葡萄是甜中带些酸的。我知道摊主前面的回答是考虑大多顾客是喜甜不喜酸，想做成生意，故回答回避了有的葡萄甜中带酸的特性，后面的回答只是顺应了我的爱好，可以理解。经过尝一口，结果我们的买卖成交。

有句俗话，叫作“吃不到葡萄说葡萄酸”，但我不存在“吃不到葡萄说葡萄酸”的境况，因为我就喜欢吃酸的东西甚至经常喝醋，所以我买葡萄要买带酸的，那酸葡萄对我来说，当然好吃。

其实，“吃不到葡萄说葡萄酸”是借喻，意即在社会生活中，自己得不到的利益、奖励或荣誉等“葡萄”，还找理由说没意思、不想要等等。在社会生活中，我倒从不“吃醋”，当然，我也从不说“葡萄是酸的”。因为人家有水平、有成就而获得相关“葡萄”荣誉，对于我来说只是平台和角度不同而已，我的一生也获得诸多“葡萄”，尽管他人有的我不一定有，但我有的而他人也不一定有呀。所以，在社会生活中，“吃不到葡萄说葡萄酸”，对于我来说没有必要。更何况，人家有人家的忍耐，人家付出了，有所得甚或是比你更好也是应该的，你说什么“酸话”呢？

当然，假如葡萄是烂的，我肯定不吃，甚至连看都不会看。我也相信，没有人会吃烂葡萄。同理，社会生活中的各种奖励或荣誉等，如果水平不够、失去常理而致，甚至有人为暗箱操作，造成德与名不配、才与名不配、绩与名不配，那这样的奖励或荣誉等是羞耻和卑鄙的代名词，这对任何人来说是耻辱，谁要这样的所谓奖励或荣誉呢。所以，尽管这是“葡萄”，但这是“烂葡萄”，不吃甚至想都不想，那是一种高尚之举，也是敬畏有质量的奖励、荣誉之举。

其实，“烂葡萄”式的奖励或荣誉等，是自欺欺人，是卖弄人设或人设崩塌的毁誉，它既没有现实意义，更没有历史价值，倒是让人恶心和吐槽的依据。故，有些所谓奖励或荣誉与耻辱同等、同量、同名，没有比有好。

谈到奖励或荣誉，现在有一种民间给予的奖励或荣誉，即“野葡萄式”（权且相对于政府奖或荣誉的提法）奖励或荣誉。若干年前，当我在毫不知情的情况下被中国校友会网大学研究团队发布的《中国杰出人文社会科学家研究报告》中入选中国杰出人文社会科学家时，我当时表示这算不了什么，不是政府给予的荣誉。随即有知名学者说，这是三十多条标准和条件公开、完全对号入座且没有人为操作的荣誉，这是过硬的荣誉。这话还说得真有道理。就像长安大学中国人文社会科学研究评价中心发布的“中国哲学社会科学最有影响力学者排行榜”一样，有具体数据说明，很有说服力。说实话，以往相关社科类政府奖、相关“学术帽子”类评审等，除原则性的评审标准和条件外，几乎没有发布过什么具体的可以对号入座的标准和条件。所以，具体标准和条件公开、完全对号入座的奖项或荣誉，这可能比因主观臆断或人为关系造就的所谓奖励或荣誉等要光彩和有意义。不过，“野葡萄”也有烂的，有些奖项或荣誉的评审，没有标准、没有条件，动辄国家级甚至世界级奖励或荣誉，这是最容易人为操作且最容易烂的“野葡萄”。这样的“烂野葡萄”，“吃”了不仅伤身体，而且伤脸面，更伤社会有机体。

至今让我由衷认同的奖励或荣誉是国家荣誉、国家最高科学技术奖和每届全国道德模范，以及经过实践检验的学术成果等，其他大多奖励或荣誉等都需要时间和实践的检验，尤其是社会科学。就社会科学来说，人们真没有必要自恋于什么什么奖、什么什么荣誉，真正的有价值的学术研究成果是要经历一段时间甚至漫长时间来验证的。因此，在一定条件和背景下，说不定获奖的成果就是“正确的废话集”，就是貌似学术的“文字游戏集”，就是资料重新编排组合的“炒冷饭集”，等等；而且，有些评奖行为和所谓获奖成果一定会是学术史上的笑话，一定会是被后人蔑视的没有任何价值的“关系奖”。到有的获奖成果展览室里考察一番，就可以知道水平一般甚至“废纸”和“文字垃圾”所占获奖成果的比重。更有甚者，如果像曾经的一位不大不小的厅级主管官员说的那样，我说你是专家就是专家，我认为你是名家即可以是名家，我给你荣誉你就有荣誉，我不认可，你什么也不是。那么，这种以官员喜好而恩赐的“葡萄”，不烂才怪呢。所以，说不定人们获得的所谓荣誉就是被羞辱甚至自我羞辱的证明。事实上，真正的奖励或荣誉是实践给予的验证、历史给予的认同，绝不是靠人情交易、人为关系造就的。

现在有些省市级政府和相关部门，热衷于评各种奖项和荣誉，其实大家心知肚明，有的是在制造表面的繁荣和政绩，同时也是在变相炫耀手中的权力和资源。其实任何成果与人物的水平和贡献就在那里，有的还得历史来检验，不是评出来的，尤其是在办事经常需要找关系的"关系社会"，评审往往是"掩人耳目""自欺欺人"。在社会科学领域，历史上有多少有价值的成果是评出来的？有多少经得起历史检验的名家是评出来的？孔子及其思想的历史价值和历史地位是评出来的吗？《资本论》的思想影响和社会价值是评出来的吗？所以，30 年、40 年、50 年乃至更长时间以后，今天的所谓奖项、荣誉或所谓名家、大师等，还有多少能在历史上留下哪怕一丁点儿笔墨和影响，这后人自有评说，历史会有验证。

事实上，真正有价值的人和事，有价值的思想和精神，才会在历史上留下印记。就现在的较为机械的评价机制和评价手段，再加上有的评价活动有时有权力、关系和人情的掺入，一些所谓奖项或荣誉等，随着时间的推移，经"大浪淘沙"后，只会是"过眼烟云"，留下的是一张张没有任何价值的、让人耻笑的废纸。就拿科研评奖来说，我参加过多次各级各类评奖活动，经常两天左右时间要阅评数本乃至十多本著作和一大堆文章，这怎么评出奖项，只有参加过评审的人知道，来不及看是不争的事实。尽管有的作品稍作分析就可以知道其质量和水平，但是大多数只能凭感觉评价。其中有些作品只能是凭关系、凭印象、凭好恶等来决定是否入围。天晓得里面有多少猫腻和水分，当然历史总会做出客观的判断。可以想象，这样的评奖活动，"烂葡萄"是难免的，不信的话，若干年以后看吧。

我不反对学界乃至社会产"葡萄"，我也吃"甜葡萄""酸葡萄"，获得的奖项和荣誉也不在少数。当然，我经常提醒博、硕士研究生弟子们，对于我获得的"葡萄"，不要急于评价，30 年、40 年、50 年乃至更长时间以后再看现在获得的"葡萄"的价值和影响。

事实上，由于各种原因，现在的学者们没有获奖的作品，说不定到后来反倒有影响巨大的传世之作。

我不欣赏且很反对滥竽充数的"烂葡萄"，"烂葡萄"泛滥是学界乃至社会的悲哀和耻辱。

尽管“烂葡萄”与“甜葡萄”“酸葡萄”混杂，但我仍主张人们尤其是年轻人，积极地争取获奖和荣誉，因为它多少与当前评价机制中的水平评价有关，多少与利益和发展有关，多少能激发人的激情，等等。真诚希望年轻人多收获“好葡萄”。

学界乃至社会盛产经得起历史检验的“好葡萄”，也必然会盛产深加工的“葡萄脯”“葡萄酒”等。期待当今的人们尤其是相关管理部门做好有实践意义和历史价值的学术发展中的“葡萄产业”，促进人文社会科学的完美发展。

# 恩师唐公的格局

唐凯麟老师是我攻读哲学(伦理学)博士学位时的导师,我和其他学界同仁一样,很乐意尊称他为唐公。恩师唐公对我有知遇之恩,不只是我成了唐公的博士研究生弟子,更在于我在学界初出茅庐时就受到他的关心、教导和扶持。其实,早期要说关系,我跟唐公没有联系,我只是早就听说伦理学界有号称"北罗(罗国杰)南唐(唐凯麟)"的学术大家,也因此对唐公有高山仰止的心境。

我从中国人民大学进修伦理学专业毕业回来后,在一些大小学术会议上从认识到熟悉,乃至后来逐步与唐公有所交往。当然,我是以学生的请教姿态与唐公进行学术交流的。在多次交流后,我深感唐公是一位如兄如父的学长,最终能成为他的弟子,实乃三生有幸。

关于唐公，我深深的敬仰之意，从其做人格局之高之大之二三事可窥见一斑。

记得20世纪90年代初，我和江苏几位同仁一起编写《伦理学通论》一书时，我试着请唐公作序，谁知他欣然允诺，在百忙中写下了三千多字的序言。记忆犹新的是，唐公在序言中说："从《伦理学通论》一书中，我们可以清楚地看到，他们在广泛吸收现有成果的基础上，勇于探索、勇于创新的可贵精神和顽强的努力。因而，读了之后，使我深受启发。"还说："读了《伦理学通论》之后，我还得到了一个启示，也增强了一种信心，这就是：改革伦理学的现状，促进这个学科的成熟和繁荣，工作要靠广大伦理学界同仁们大家来做，而且也只能一步一步扎扎实实地做。"一位学术大家，在一群后学的著作上用"深受启发"和"得到启示"的语言，这是何等的雅量和胸襟。当然，我们在对唐公格局敬仰之同时，并没有沾沾自喜，而是把唐公的高评和溢美之词当作对我们的鼓励和鞭策。

在我中年时考上唐公的博士研究生后，唐公始终关心我的工作和学研活动。因为其时我正担任南京师范大学公共管理学院院长职务，全院有3个一级学科，4个本科专业，150多位教职工，约2 000名各级各类学生，应该说学院工作摊子比较大，行政事务纷繁复杂。因此唐公一直提醒我，要处理好工作和攻读博士学位的关系，平时辛苦一些，工作不能受影响，否则对不起学校的培养和老师们的信任。在唐公的教导下，我没有辜负唐公的期望，在我2012年离开院长岗位时，全院标志性的中心工作即学科建设基本是“大满贯”，即在申报成功一批博士点和硕士点的基础上，国家重点学科和省级重点学科、优势学科、重点研究基地等也应有尽有。对此，唐公以满意的口吻跟我说，“院长干得不错啊”。与此同时，唐公更关注我的学习和学术。攻读博士学位期间，唐公特别关注我的研究方法和研究水平的提升，他把他的一套“学术秘籍”毫无保留地传授给了我，使我在学术的道路上进一步增强了学术底气和学术信心。难以忘怀并肃然起敬的是，为了我的学术发展，唐公多次告诫我要多与他带领的学术团队中的刘湘溶、张怀承、王泽应、李培超等老师们交流，学习和撷取他们的学术风格和学术方法之精华，把自己的学术“武装”得更好。的确，在这样的实力型学术团体中，在与各位学术建树非凡的老师接触和交流中，我获得了终身受用的学术风格和学术方法。

唐公的学术创新成就可谓是有目共睹，但唐公从没有以前辈学者的架势及居高临下之气势来表现自己，总是以谦虚的口吻与学界同行甚至是学界晚辈进行学术交流。唐公的一个突出的伦理学学术贡献是试图从大伦理学视角架构颇具特色的道德理论体系，指出，"'道德形上学'只能到人的社会存在中去探寻，对人的'终极价值关怀'也只有在社会发展的必然性及其所赋予人的历史使命中去确定和追求。这就深刻地表明，中国现代伦理学要真正能够肩负起自己极为艰巨而光荣的历史使命，就必须首先科学地确定自己应有的价值视域，即：它应当立足于当代历史发展的大趋势，应当深入当代中国社会变革的深层脉搏之中，应当直面当代中国人所面临的诸多的生活矛盾，并对此作出积极的回应"。因此，伦理学应该有当代新技术革命和人的发展的宏观视域，应该有社会主义市场经济的发展和现代市场理性的构建与培育的中观视域，应该有我国社会主义初级阶段人们精神生活的矛盾和思想道德建设视域。同时，"建设和发展有中国特色的社会主义现代伦理学的过程，本身也必然是一个适应和引导当代中国社会道德变革，实现马克思主义伦理学的自我超越、自我完善的过程"，因此，"批判地继承和弘扬中华民族的优良传统文化和传统伦理道德文化，科学地借鉴和吸纳西方伦理道德文化的积极成果，就成了建设有中国特色社会主义现代伦理学的两个基本条件”。还指出，中国特色的伦理学更需关注现代中国社会的道德价值选择和价值定位，当然，“道德体系既是一个可供选择的价值系统，同时又是一个结构严密的组织系统”，并有着内在的运作机制。因此，在对道德运作机制的把握中，既要从道德体系之中作出思考，又要从道德体系之外的社会大环境中作出思考，这样才能完整地认识道德的运作机制。对此，我曾经跟唐公说，这一伦理学学科建设的富有远见的学术思想将会影响未来伦理学的发展方向。唐公听了之后只是淡淡一笑地说，“一孔之见，没那么重要，还需继续深究”。

唐公作为学术泰斗，他的学术成就充分体现在他的国务院学位委员会哲学学科评审组成员、教育部全国高校哲学教学指导委员会委员、全国优秀教师、国家教学名师、中国伦理学会副会长、中国伦理学会终身成就奖、国家重点学科伦理学专业学科带头人等学术职务和获得的各类荣誉上面。然而，唐公在学术上没有“老子天下第一”“舍我其谁”的傲慢，平等交流甚至谦躬下士是他的风格。我相信，学界同仁都会认同和赞赏唐公与人为善、不负他人的好口碑。记得每当我向唐公请教学术问题时，他总是会说不要用“请教”两字，我们交流交流；每当我要拜见唐公时，他总是会讲“不用客气，我们曾经是同学”（唐公于1981年在中国人民大学伦理学进修班学习，我于1982年到中国人民大学伦理学进修班学习，这两期进修班，学界常称之为伦理学界的“黄埔一期”和“黄埔二期”）；这会让我觉得不敢当也不自在，因为我是他的弟子啊。不过，唐公的这一平易近人之举动反而让我更加尊敬和仰视地求学、请教和拜见。每每遇到这交往场景，我总是在想，唐公这堪称伦理经典的一言一行何尝不是在给我上至高至大之人之格局课。

（写于2020年9月10日教师节）

# 童 言 童 行

刚刚满 4 周岁的孙子大雄，不久前跟随父母“到爷爷家玩”，一进龙凤花园“爷爷家大门”，就朝着我喊“爷爷好”。因没有看到正在西藏摄影采风的奶奶，就说：“奶奶呢？我要奶奶。”没过多久，奶奶回来了，随即去看望想念多日的孙子。奶奶一进商苑孙子家大门，大雄就扑上去喊奶奶，因没有见到当天在单位开会的爷爷，就说：“爷爷呢？我想爷爷。”

看到爷爷要奶奶，看到奶奶想爷爷。这是真情流露，没有做作，更没有排练。看到孙子这样的感人举动，作为隔代长辈的我们，比吃大餐、看大戏还有满足感、幸福感。

古代老子认为，婴儿之德为德。指出，成人欲望是造成无德的理由，唯有婴儿无知无欲无所求，故主张理想之人生应该追求婴儿之德,应该“复归于婴儿”。尽管老子的这种所谓道德理想有悖于道德源于人的自觉的基本特性,但是老子关于“复归于婴儿”的道德主张,可以从现代辩证思维视角在更深刻层面做如下启发式解读,即社会之人不可能不成长、不成人,也不可能无知无欲无所求,因此去除老子“绝仁弃智”“复归于朴”的思想,“复归于婴儿”可以理解为要人们坚持婴儿的清澈、纯真、诚实的本性。如果这样理解,那“复归于婴儿”的“童言童行”不失为是一种赋予了新境界的经典道德主张。

说实话,“童言童行”可以作为一种道德品质的专有名词和专门内涵。事实上,完美的人生,在任何时候不要做作,不要虚心假意,不要游戏人生。应有的是真心、真诚、真实。马克思说:“要使人的世界即各种关系回归于人自身。”其深刻的含义是要人作为人而存在,人要自然、要客观、要理性、要实在,要追求真、善、美,要排除有悖于人之为人的虚假、贪婪、欺霸等等。由此,“童言童行”作为启迪性解读的人之为人的特定范畴,应该是成人的一种品质。

当然,这“童言童行”的幼儿品质的确不是自然形成的，需要大人们一言一行的教育和培养，需要非凡的感情投入。我看得清楚，大雄的言行确实得益于其父母的用心引导。为此，大雄的大姨刘毅曾经跟我说，能否用笔写写孙子大雄，提点要求，让他长大后不辜负爷爷的期望。这个建议是有意义的。不过，说什么呢？其实，我很想对孙子大雄说些如何做人、如何生活、如何奋斗的话。但是这些话其父母、亲朋好友等会不时地给予教导，尤其是从幼儿园开始，各级学校会开展逐步系统、深入的教育，我要再说这些也只是重复甚或多余。不过，我想对孙子大雄及其同辈的孩子们强调的话是：一辈子要坚持“童言童行”品性，做到真实而不做作、真诚而不虚伪、真行而不懈怠，做一个真正的善人。

真实而不做作，这是人一生踏实做人、顺利发展的做人原则。人不真实，做人虚伪，做事不实，最后只会丧失自己的各种人生机遇，虚度了自己的人生。

真诚而不虚伪，这是人一生厚道为人、完美生存的做人原则。人不真诚，做人失信，做事失誉，最后只会丧失自己的宝贵人脉资源，浅薄了自己的人生。

真行而不懈怠，这是人一生奋斗成人、铸就辉煌的做人原则。人不真行，做人懒散，做事粗劣，最后只会丧失自己的应有人生价值，荒废了自己的人生。

（原载《王小锡伦理学文集》（第一卷），中国社会科学出版社 2022 年版；本文有少许文字修订）

# 未来之星

我近日收到南京市江宁区东方龙湖湾幼儿园大班毕业典礼的邀请函，虽然预先约定的时间与重要学术讲座冲突，但我毅然协调推迟讲座，欣然允诺参加这十分有意思的毕业典礼。这不只是因为我的孙子大雄即将在该幼儿园毕业；还因我生在农村，那时没有幼儿园，一辈子没有进过幼儿园的我却对幼儿园有一种特殊的向往情感；更在于年过古稀的我很愿意以自己的身影和举止帮助幼儿们幼小的心灵筑梦未来，也算是对我的人生没有幼儿园启蒙经历的一种弥补。

我也知道，我进幼儿园参加幼儿们人生第一次隆重的毕业典礼，似乎在年龄上有些不协调，不要说幼儿们看到我这爷爷辈的“老古董”有些不自在，就是家长看到我这古稀老人也会觉得怪怪的。不过，一场严肃、欢快的毕业典礼结束，机灵的幼儿要跟我这个教授爷爷拍照，尤其是因疫情不能进幼儿园内却在铁栅栏外站了两个多小时的许多家长们，热情点赞幼儿园邀请我这个年满 70 周岁退休的教授、博士生导师到场助兴，为孩子们幼小的心灵打上“学者、教授、科学家、医师、工程师”等等的烙印，也为孩子们的未来营造一个好兆头。这当然要感谢大会主持人在我上台颁奖时对我各种头衔的介绍和幼儿园邀请我这个独一无二的老人。

其实，我当时接到邀请函时，心中疑惑，怎么幼儿园大班结束也搞毕业典礼？小孩们懂吗？有意义吗？一场毕业典礼下来，打消了我的疑虑，并深感这幼儿园毕业典礼值得举行，这也许是今天 153 位毕业班孩子们一生难忘的记忆，也一定是孩子们未来成为闪光之星的起步。

这次幼儿园大班毕业的主题是“夜空中最亮的星”，整个毕业典礼流程充满着欢快、崇德和希望。“园长妈妈”丁慧女士的祝福，声情并茂，情深感人。她把对孩子们的三年情感压缩成“很舍不得”四个字，还说，“当你们遇到困难或者不开心的时候，只要回忆一下你在幼儿园里的这么多开心的事情，想到你亲爱的老师和可爱的同学们，你就会变得开心”；她把对孩子们的未来希望浓缩成“永远的星”四个字，还说“夜空中最亮的星，是属于你的那颗星。那颗星是希望，是方向，你们即将起步走在摘取那颗星的路上”；她把对孩子们人生之路的谆谆告诫简缩成“学会挑战”四个字，还说，“你们都坐过地铁，它会经过一站又一站，会有不同的人上车、下车。一路上，会有不同的人陪着你。人的一生，就像是坐地铁一样。开始的时候，你乘坐‘人生地铁’的车厢里有爸爸、妈妈和其他家人。在你 3 岁的时候，东方龙湖湾幼儿园的老师和同学们，上了你乘坐的‘人生地铁’，陪伴你度过了 3 年开心的时光。今天到了大家要分别的日子，他们要下车了。接下来，又会有人乘上你坐的新历程之‘人生地铁’，那就是小学里的新老师和新同学。小学里会有新的任务给你们，你们将要迎接和学会挑战。当然，在挑战中就会拥有更多快乐、更多惊喜的小世界”。接着幼儿、家长、教师代表的分别致辞，无不充满感激、致谢、期待的心情，相信孩子们听后个个是心潮澎湃，在满足中感恩，在致谢中不舍，在期待中坚定做一颗未来的耀眼之星。

毕业典礼上孩子们表演了主题为《爱你》《童年叮叮当》《亲爱的旅人啊》《我是解放军》《青花瓷》《孤勇者》《我

们长大了》《奇迹再现》等歌舞、舞蹈、情景剧等节目，节目无不让人激动、给人激励，内容无不是体现向善和向上的追求。孩子们娴熟的表演，足以见得幼儿园老师们为整台毕业晚会所做出的努力。是啊！我看这一台毕业晚会，丁慧、刘竹、杨青三位正副院长既是指导又是指挥，既是演员又是后勤，忙得汗流浃背，且一丝不苟，这言传身教的举动何尝不是一堂生动而成功的思想品德培育课。

可以说，东方龙湖湾幼儿园大班毕业典礼是体现新时代特色的三年幼儿教育的集中展示，他们没有矫情，一切皆是真情流露；没有做作，一切皆是自然表达；没有卖弄，一切皆是适合性情；没有虚构，一切皆是真实成果。相信孩子们通过3年的启蒙和培育以及今天毕业典礼上地成为“夜空中最亮的星”的浓郁氛围的感染，都会以特有的进取心态进入新的学习生活之人生历程中去。

在毕业典礼结束后回家的路上，同行的夫人郭建新教授问孙子大雄：“今天最大的收获是什么？”他反问道：“奶奶，是什么方面的收获？”她接着补充问道：“你今后想成为什么样的人？”大雄回答说：“做颗耀眼的星啊！”我在一旁听了这回答深有感触，这应该是三年幼儿园学习的最好毕业成绩，我的欣慰之情也油然而生。事实上，这

153位幼儿园大班毕业的小朋友,“未来耀眼之星”在召唤他们。他们中也许会有未来的科学家、教育家等,也许会有未来的学者、教授、院士等,也许会有未来的劳动楷模、赛场翘楚、卫国勇士、勤政官员等,也许会有飞上太空、潜入海底的英雄等。总之,他们一定会在广阔的天地中闪烁着耀眼的光芒。到那时,他们不会忘掉东方龙湖湾幼儿园的启蒙和培育以及今天的“夜空中最亮的星”的主题毕业典礼。

(2022年6月30日深夜写于南京江宁大学城商苑)

# 人生是一幅行进中的立体风景画

我年逾稀龄以后，空闲时有兴趣于一些人生经历及其人生体悟的撰写，感觉这还是蛮有意思的，也可以权且留作纪念。事实上，回忆自己的过去，有许多难以忘怀的美好记忆和深刻体悟，也有为数不少的磨灭不了的伤心事和恶心事。不过，人生越是跌宕起伏，越像是一幅行进中的精彩靓丽的立体风景画。

**一、多彩地玩耍、学习生活**

我从孩提懂事起至高中毕业，家中很穷，但我却是在欢快、惬意中度过童年生活和完成快乐启蒙与明志学习的。

我生于1951年，当时正值新中国建立后的土地改革，我被分到8分田，为此，家里称呼我为“八分头”。

我家住溧阳县城西郊区，离县城大约只有 1.5 千米。自我懂事起，记得最清楚的是每天早上闹着要跟在城里做点买卖蔬菜籽生意的父亲去县城，目的就是吃到 3 分钱一根的油条或 1 分钱一颗的水果糖什么的，当每次吃到这些家里日常见不到的东西时，那种惬意和满足的感觉油然而生。到能够自主跟小伙伴一起玩耍时，父母从不管我到哪里玩，一年四季都可以无拘无束地在外边玩耍，好不开心。

我家住的是茅草棚，两三年不整修的话，遇到天下雨，家里肯定漏雨，而且往往是外面下大雨，屋内漏小雨，外面不下雨，屋内还滴答滴答漏雨点。就是在这样的艰难居住条件下，我总是十分开心地拿几个盆或木桶接漏水，嘴里还哼着没有节奏的自由小调，根本没有一种凄凉的感觉。

记得我的童年正值我国三年困难时期，穿暖、吃饱确实存在问题，换句话说，基本上是吃不饱穿不暖的。一年到头穿的是补丁衣服，难得做件新衣服是放在破箱子里舍不得穿的；一日三餐基本是萝卜干配稀饭，难得吃顿饭是一定要每人平均分的，当然，这平均分饭的确是特殊时期不让任何家人吃亏的家爱的一种特殊表现形式。就是在这样的生活条件和环境下，我从来没有生活艰难困苦的郁闷，照样开开心心，这可能是各家生活条件都差不多的缘故。

一到节日，我喜欢跟大哥哥们进城逛街逛商店，享受新鲜感。在街上花一两分钱看个“西洋镜”（幻灯片），着实惬意；在街边买个气球什么的，那不知要高兴多少天；在路边店吃碗红烧粉丝汤，那感受简直不亚于今天的吃大餐。还有进城在街角落听卖梨膏糖地站在凳子上唱山歌，看耍猴子的耍把戏，真是像刘姥姥进大观园，稀奇开心，流连忘返。

农村没有幼儿园，小孩读书普遍比较迟，我八岁上的小学。当时的南村小学没有正规校舍，在南村西头的一个仓库里上课，课桌是两头用砖块架起来的木板，每位同学自带小凳子。懵里懵懂地上了几天学，觉得枯燥不好玩，我毅然跑回家不上学了，结果让妈妈气得要命，她一顿训斥和痛打，把我逼到了学校。老师和蔼可亲地把我留下，并表扬我是听话的好孩子。就这样我恢复了启蒙式的学习。谁知一旦开窍，我的学习态度大变，乃至每次表扬三好生的名单上都有我的名字。也因此我从小学三年级起，开始了直到大学毕业皆为班长的学生干部之旅。

小学三年级开始已经有了较为像样的教室，但学校没有操场，整天待在“复式班”，要么上课，要么做作业，只是课间走出教室，在教室周围追逐玩耍。

小时候读书，作业很少，放学回家要么割草，要么放羊，要么就是几个小玩友一起玩赏。在田野割草时，我们几个小朋友经常待竹篮子草已经盛满后，就开始要么“包、剪、锤”，要么在一定距离内抛砖进土洞等，进行一把草一把草的输赢活动。我大概天生愚笨，大多数时候是把草输光。不过，大家主要目的是想着法子玩，待玩到要回家时，大家会主动把赢到的草还给我，我们即可开开心心一起回家。其实放学回家后的大多数时间是玩，春天天气转暖，最适合小朋友们躲猫猫、手持木棍当枪“打仗”等，我当然是其中的积极分子；夏天经常要么在池塘里嬉水，要么爬到树上乘凉、睡觉、聊天，下雨时会到有鱼的水沟里抓鱼等；秋天季节，我们会到树上、灌木丛中找野果子吃，最喜欢的是跑到自家自留地里拔几棵成熟的黄豆用火烧，香喷喷的黄豆吃起来津津有味；冬天在墙角下晒太阳、“斗公鸡”等，下雪时打雪仗是必玩的游戏，经常是全身沾满雪、内衣湿漉漉。这样的少年生活，好不惬意。

到了小学考初中时，我们有两次机会，第一次可以报考江苏省溧阳中学和溧阳县中学，落榜后可以再报考溧城镇初级中学。竞争十分激烈，先后两次考试，考上了就继续读书，考不上就辍学回家。遗憾的是，作为班上学习较为冒尖且是班长的我第一次报考落榜，无奈之下，我第二次报考溧城镇初级中学，结果以总分名列前茅的成绩被录取。

溧城镇初级中学在溧阳城的东门，我家住在溧阳城西门外郊区，间距 3 千米左右。当时我是寄宿生，二三十位同学不分年级地混住在一个像仓库的大房间，尽管宿舍内没有厕所，更没有浴室，同学们并没有觉得生活艰苦，每天乐呵呵的。当时吃饭是自己带米蒸饭，我是每周日下午用一根扁担一头挑着米、一头挑着书包，尽管家中不可能每天有饭吃，但我读中学时的中午和晚上都能吃到米饭，父母保证我每天吃饱。每周菜金是 0.48 元，即 8 分钱一天，基本上是早上萝卜干，中午和晚上炒蔬菜，一周一次改善伙食，吃的是肉片炒青菜或肉丝烧粉条等。用现在的伙食标准来说，营养比较欠缺。这样的中学生活条件，没有影响我的学习，我的学习成绩一直名列前茅。因为我的表现比较优秀，故曾经有郑再福老师亲自在学校黑板报上用粉笔写上了“王小锡同学二三事”的通讯文章。

时间到了1966年，“文革”开始，我们不断参加各种会议和游行活动，还参加了老师带队的全国“大串联”，我们有一次从溧阳步行到南京，还有一次从溧阳步行到无锡，而后乘火车到上海，当时因为年龄小，只觉得好玩。不过也确实参观了好多革命圣地和博物馆等地方，见识了原来只有书本上才知道的许多知识和境况。记忆犹新且难以忘怀的是，1966年10月底，溧阳选派了一批师生代表赴北京参观，我是学生代表之一。到了北京才知道毛主席要第五次接见红卫兵，我们代表团被安排在天安门广场。所以，我们一到北京就每天集体进行队列训练。可是，我们被接见的前一天，接到通知，被安排在郊区公路上等待毛主席接见。1966年11月3日，我们一早到郊区公路两边等候毛主席的到来，大约上午10点左右，有人喊毛主席来了，即刻看到多辆小车组成的车队开过来了，好在毛主席是站在敞篷车上的，所以尽管车队急驶而过，我们也看到了毛主席在车上招手的高大形象，当时心中的喜悦难以言表。

尽管“文革”时，我们正常上课受到影响，但是我们还是基本完成了初中的学习计划，于1967年7月毕业。这就是称之为的(初中)“老三届”,这个具有特殊含义的称呼应该是中国国民教育史上空前绝后、独一无二的。

初中毕业时,“文革”正如火如荼,全国学校基本停课,故 1967 届初中毕业生没有能正常进入高中读书。此时,我作为农村的孩子就回家种地了。回家种地第一年的两件事我难以忘怀:一是当时的强健劳动力(壮劳力)一天劳动的工分是 10 分,我因为年龄小,一天的劳动工分是 3 分,尽管劳动工分低,但是我干得很欢,因为毕竟人生第一次参加生产队劳动且有劳动成绩了。二是生产队春耕和秋种两个农忙开始时的劳动力聚餐,聚餐是一顿盛宴,说盛宴,其实就是每桌一脸盆红烧猪肉和一脸盆炒青菜,这在吃不饱穿不暖的时代,一盆红烧肉足以一饱口福。

我们从小就听大人们说,只要有一门手艺活,那一辈子吃穿就不愁了。而艰苦的农村劳动,整天面朝黄土背朝天,很苦很累很脏,且解决不了基本的温饱问题。因此,我就决定跟着比我大两岁的大侄子学做泥瓦匠,学徒不到三个月,我突然接到溧阳县中学(省溧中)高中入学通知,我在兴奋之余,毅然放弃学做泥瓦匠,于 1968 年 9 月报到读书。经过高中阶段学习,我更进一步明确了自己的人生志向，即一定要努力再努力，尽早改变贫穷的家庭生活，并争取自己的人生有所光彩，成为他人认同、赞扬和羡慕的人。同时，一定要成为有能力为他人和社会做贡献并受到大家尊重和尊敬的人。

## 二、走上复杂而精彩的社会

高中毕业是我走上社会的开始，历练中让我开始真正知道社会是什么。尤其是在溧阳城西公社机关工作的6年，使我了解和懂得了社会的精彩与复杂，真正的工作人生也从这里开始。

1970年7月高中毕业以后，我就回乡参加生产队的日出而作、日落而息的劳动，做好了一辈子当农民的准备。然而，时隔4个月，我接到大队通知，要我11月中旬参加城西公社党委举办的农村工作队培训。记得那时已经是严冬时节，在培训会上，公社党委书记及其他几位领导都做了动员，要求进驻各大队的工作队，协助农村做好“农业学大寨”等各项工作，尤其要做好打击贪污、做假账等违法行为。在两年时间中，我先后随工作队进驻了南村大队、清安大队、小山头大队、上阁楼大队。通过历练，我从不懂农村工作到比较熟悉农村工作，同时，也从开始的工作队队员晋升到工作队指导员。其间，我和其他工作队队员一样，陪农民下田劳动，组织农民业余学习时事政治，开展账务清理，完善分配制度等。记忆犹新的是，除了工作队正常的工作以外，我在业余喜欢写写通讯报道，在公社和县两级广播中经常能听到我撰写的报道文章。这被当时的领导们看成是我的一个特长。因此在工作队工作两年后，于 1972 年 12 月公社领导调我到公社广播站，既做机务工作，又兼通讯报道工作。这对我来说又是一个人生的转折点，因为，我有更多时间看书，更多时间做点文字工作，人生锻炼的平台更广了一些。后来的发展也确实如此，我在广播站工作不到半年时间，就被选为公社团委书记，当时除了做好共青团工作的同时，还兼管下放知识青年的相关管理工作。由于公社机关人手少，因此，后来我还被公社党委指派兼任党委秘书和公安特派员工作，一身兼三职，对于我这个年轻人来说，要求高、压力大，但也是锻炼的极好机会。

共青团工作，让我深知当时青年思考的主要人生和社会问题，他们有何特殊的诉求。我在工作中深知，年轻人都普遍关心国家大事，关心自己的前途，关心自己的生活现实。有鉴于此，共青团工作在组织青年学习、讨论和提高方面，在创造年轻人锻炼和发展机会方面，在丰富年轻人生活方面做了大量的工作，诸如每年定期的学习交流、优秀年轻人的事迹介绍、篮球赛的举办等年轻人期盼的活动。作为党和年轻人桥梁的群众组织，大多数共青团员都向党组织递交了入党申请书，并有一批一批共青团员加入党的组织，受到了党委的认可和赞扬。共青团工作实践，使我深深体会到，与青年交朋友，了解和落实青年的诉求，兢兢业业为青年服务是搞好共青团工作的前提和基础。

党委秘书工作，让我深刻认识到，秘书既要做好内外服务工作以及相关文字工作，更要做好上下内外关系的协调工作，故这是锻炼人的重要平台。记得有一次上级分配给公社一批木材，党委决定由我负责这批木材的分配。这是涉及诸多人利益的问题，事实上有许多人眼睁睁地在等我拿出方案，关注自己是否可以购买到需要的木材。我接到工作任务后，在领导们的指导下，展开较为全面充分的调查研究工作，在向党委领导汇报和征求指示的基础上，领导们同意我重点照顾住房贫困且准备建房的教师和有特殊需求的社员。后来尽管遇到来自各方面的意见，但在公开木材分配指导思想、基本原则和具体方案的基础上，得到了广泛的认同和支持。就这一个工作内容和过程来看，确实让我体会到了领导工作是一门艺术，更是政治方略。还记得公社主要领导一度因为工作上产生的一些不同看法甚至矛盾，领导们把矛盾的协调和解决寄希望于担任党委秘书的我，并都找我谈话表达自己的意见，我当时深感领导们的信任和抬举，也深感"压力山大"。而后在我的努力下，不仅领导们尽释前嫌，统一了思想，而且促进了团结，促进了工作的进一步顺利展开。通过这件事，我深深体会到，人与人之间、领导与领导之间关系的协调是艺术，更是技术和心术。

公安特派员工作，让我在一个陌生的特殊工作领域学到了新的知识和难得的本领。那时，一个公社就只有一位公安特派员管理整个公社的治安问题，我尽管是新手，但工作起来还是比较顺手的，社会治安问题尤其是特发案件较少，所以没有感觉到有多大压力。记得每到春节等重大节日，我会在面向全公社的广播里喊话：一是要求广大干部群众加强防范意识，确保生命、财产、家庭、社会安全；二是不准赌博；三是警告潜在的不法分子，不要顶风作案，否则严肃处理，对触犯法律法规的将严惩不贷；等等。应该说，我的每次广播喊话，均收到很好的效果。不过，说实话，当时的社会安全度很高，很少出现民事甚至刑事案件。所以，一个公社有一位公安特派员足矣。当然，民众的自觉和支持，是社会治安态势良好的重要因素。记得有一年夏天的一个晚上，接到上级公安机关的通知，说有一服刑逃犯正往溧阳方向逃窜，要求我们立即设卡堵截。在我布置好设卡岗位后不久，“七里岗”卡位打来电话说，公路上有一人挑了个担子，长相与逃犯特征相似，即平头发型、鼻子边有一颗黑痣、中等身材。我随即带了同事前往拦截，遇到该人时一看就像，简单问话后就将该人带到机关办公室审讯。据该人说，自己是社渚农村知青，为节省钱，正准备连夜步行100多公里回常州家里。后来经过电话咨询，得到证实，该人的确是常州知青，只是长相与逃犯相似。几乎同时接到通知，真正的逃犯在金坛境内抓到了。我们弄错了，随即放人。这本来是我们冒失了，应该道歉，但这位知青反而赞赏我们的警惕性，感谢我们证明了他的清白。当时，我在内疚的同时，感谢他对治安工作的理解和支持，并真诚祝愿他回家路上顺利、安全。

在公社机关工作的6年，我尽管担任团委书记、党委秘书、公安特派员，但经常跟其他领导一起下乡调研或参加劳动，整天忙忙碌碌，没有任何怨言。有十多位干部的公社机关就像个大家庭，和谐开心、其乐融融。难以忘怀的是，当时大家工资不高，生活比较拮据，晚上可以免费吃食堂的红辣椒酱，故我每到晚饭时是基本不买食堂的烧菜，就用红辣椒酱拌饭，吃的又鲜又香。后来的生活中我喜欢吃川菜、湘菜，好多人对我这个地道的苏南人不喜欢吃甜反而爱吃辣很不解，其实这是当初艰苦生活环境养成的。

应该说，公社工作的 6 年，比较好地夯实了我的稳健人生的基础。我很怀念 6 年的公社生活，怀念王连根、狄海保、蒋金生、胡国宝、蒋荣林、吴新华、华增荣、李文华、王寿华、史勤生、周志敏等兄弟般的领导和同事们。

**三、而立之年的象牙塔求学景象**

1977 年 3 月，我作为被推荐上大学的 1976 级工农兵大学生，来到南京师范学院（后改办为南京师范大学）报到。说是推荐，其实还是参加了地方考试，在地方考试通过的基础上，由地方政府推荐和学校选拔相结合录取考生。我在南京师范学院学习政教专业，这就确定了我今后的人生走向，也因此与南京师范大学结下了一生之缘。

三年的学习，印象最深的是，老师们对社会科学理论系统而精湛的把握、对社会的深刻认知和对国际关系的深入解读，深深影响了我，让我感觉来到人生的另一个与农村截然不同的世界。三年的学习，因为专业的原因，使我基本了解和掌握了哲学社会科学的基本门类和基本原理，也让我初步具有了认识世界和解释、解决相关社会问题的能力，尤其是初步观摩并涉足了哲学社会科学的学术殿堂。

三年的学习是艰苦的，我们进校后，每门课需要考试在当时成了新闻。因此要学出好成绩，还得花苦功夫。当时我每门课是用心学习的，如我基本上背诵了哲学教材 20 多万字的内容；中国近代史的上课笔记，我整理后的字数与教材差不多，且体系完整、逻辑严谨；“资本论”课后的重点梳理，俨然像个备课笔记；等等。

当时学校对学生的社会实践非常重视，在读书期间，学校学生宿舍和教室没有专门的清洁工人或劳务工人一说，教室和宿舍环境卫生都是学生轮流值日来完成。读书期间，我们还积极参加重大劳动项目。我们参加了南京师大（随园）西山的防空洞建设，故今天西山防空洞的建成也有我们 1976 级同学的辛劳。我们还参加了南京师大地处句容的农场劳动，当时正值秋收秋种，我们每天一身泥一身汗的劳动，尽管很累，但很开心。还记得，入学第二年的冬天，我们全班远赴徐州参观淮海战役旧址，接受了革命传统教育。同时，我和同学们第一次进入深100多米的徐州煤矿，亲眼所见工人的采煤过程以及艰苦的采煤环境，深深被工人们的劳动精神所感动。

大学毕业后被留校当了哲学老师，这对我来说是人生的重大转折点，也使我走上了一辈子从事教学与学术研究的道路。

对于我这个农民的儿子，当大学老师是一种荣耀。其实，原初家乡人没有想到，祖辈没有想到，亲戚朋友没有想到，其实我自己也没有想到会留校当大学老师。不过，荣耀的背后是压力，甚至可以说是磨难。大学期间所学的东西，离当好一名大学老师的要求差距甚远，俗话说，给学生一碗水，自己要有一桶水，然而作为大学老师，这一知识之桶要多大啊，尽管我当时是比较迷糊的，但知道这一桶水的分量非同寻常。随着在高校的体验越来越深，自己也深感继续业务深造是我的必须，唯有不断积累深厚的知识体系和不断增强学术潜力，才能做一个合格的大学教师。

大学毕业留校后，我的学业和学术人生，除了在南京师范大学的包括外语进修、助教提升、行政锻炼等等继续得到培育外，还经历了三次重要的深造阶段，也因此促使我在教学和研究的道路上不断有所进步，同时也留下了难以磨灭的记忆。

就拿在校外语进修来说，学校为了适应大学科研和国际交流需要，专门为年轻教师开办了英语进修班。我就是在教师外语进修班期间完成了大外英语四册的学习，这为后来职称晋升和学术研究打下较好的外语基础。

我留校不久就到南京大学哲学系进修哲学专业，重点选修了马克思主义哲学、科技哲学、逻辑学、伦理学等课程，然而越学越觉得知识的匮乏，要学的东西太多太多。

为此，我抓住 1982 年中国人民大学受教育部委托举办高校伦理学教师进修班的机会，申请进入该进修班学习。在时任系主任冯世昌老师的支持下，学校同意我离开兼任的辅导员岗位，赴中国人民大学进修伦理学专业，从此我与伦理学学科结下了不解之缘。

1982 年 9 月，我进入中国人民大学伦理学教师进修班学习，在人民大学的一年时间，我对伦理学专业由陌生到熟悉再到热爱，同时人民大学老师们的言传身教，影响了我一生的学术追求。

记得当时进修的课程有伦理学原理、马克思恩格斯伦理思想史、中国伦理思想史、西方伦理思想史、普列汉诺夫伦理思想等，其间系列学术讲座也是连续不断，也因此，我们进修生不仅可以经常近距离听讲和请教罗国杰、许启贤、宋希仁、马博宣、王伟等老师，而且有幸听取了周原冰、李奇、刘启林等学术前辈为我们做的学术讲座。我当时的课堂笔记和听讲座笔记写了一本又一本，其中仅伦理学原理课后整理的笔记就有 25 万多字。人民大学的进修，为我日后从事伦理学教学和研究工作打下了扎实的基础，可以说，没有人民大学的进修经历，就没有我今天的在国内乃至国际产生一定影响的学术成就。

在中国人民大学进修伦理学专业期间，一些教、学情景还历历在目。记得我们在课间自习时，老师们会经常来到宿舍看望学生，并与我们自由交谈。罗老师见面总要谈学伦理学、做道德人的理念，一次在宿舍与我单独交谈时，语重心长地对我说，学好伦理学，做好堂堂正正的人。还说，做学问不要跟着人家说，要有自己的创新观点，要写点有质量的文章。这些话对我一生影响很大。宋希仁老师和许启贤老师都是一边研究、一边备课、一边授课，课后还主动征求同学们的意见，我们作为第一被授者，收获确实不小。马博宣老师尽管当时年龄 40 多岁，但因体质较弱，每次上课必须有半天时间的静养，这让我们学生确实敬佩有加。

我们当时是住在红楼学生宿舍，我和江西师范大学的张海仁老师、华中科技大学同济医学院的卢启华老师住在一个房间，日常的学习讨论成了我们宿舍的主要生活内容。因为我们的志趣有很多相似之处，被同学们戏称为“三家村”。除学习之外最惬意之事是，我们几乎每到周末，三人喝上半斤白酒，品味一小碟猪头肉和北京红肠，这不亚于今天的吃大餐。难以忘怀的是，我们进修即将毕业时，我夫人带着不满一岁的儿子到北京游玩，张、卢两位同学挤到别的同学宿舍住，把房间让给了我们，夫人经常以感激的心情谈及这难忘的记忆。

我在人民大学进修的一年，也是我较为全面认识、理解北京的历史和风土人情的一年。可以说，该参观的北京重要景观和历史遗迹，我都参观学习了，故宫、中南海、颐和园、雍和宫、人民大会堂、天安门广场、八达岭、香山、中国历史博物馆、中国军事博物馆等都给我留下了极其深刻的印象，并使我产生了特殊的情感。尤其是天安门广场，是我每次出差北京必去或必经之地，有时来回不一定经过天安门，但我总会让出租车司机绕道天安门看上一眼，这种天安门情结是难以用语言表达的。这一切也为我日后的伦理学教学和研究积累了不可多得的素材。

## 四、“双肩挑”的艰辛与幸福

在南京师范大学，我的大部分工作处在“双肩挑”的状态下，始终是艰辛与幸福同在。

在高校，我既担任中层领导（尤其是学院正职）又承担教学和研究任务，这确实是苦差事，工作不得有任何懈怠，学问也不允许落后。在这种情况下，白天要一门心思工作，那做学问只得利用晚上时间或节假日时间进行。同时，做学问要不断有高度和深度，还得不断深入进修业务。

在我还是讲师时，学校批文由我担任政教系副系主任，从那时起，作为“双肩挑”人员，我在系、院领导岗位上连续干了 22 年，其中在中层正职岗位 15 年。尤其是在 2012 年公共管理学院院长任上，先后在学校六任党委主要领导的麾下工作，在领导和全院教职工的支持下，我主政学院一方，取得了我自己原先也意想不到的学院发展态势。同时，我的学业发展同时也在稳步推进，没有受到工作繁忙的影响。

记忆犹新的是，为了学术的不断进步，我在担任公共管理学院院长且公务繁忙、人到中年且自己已经是教授、博导的情况下，毅然报考我国伦理学重镇之一的湖南师范大学的伦理学博士研究生，拜唐凯麟先生为师。第一次报考因为外语不过关，名落孙山。从那以后，我重点复习外语，在第二次报考博士研究生的前一年多，我几乎每天除了正常行政工作外，全部精力用在外语考试的复习上面。结果功夫不负有心人，包括外语、笔试和面试在内的所有考试科目，我均取得了较为理想的成绩。其实我第二次报考博士研究生比第一次还紧张，因为怕再失误，我提前十天到长沙在靠近湖南师范大学的宾馆住下，以最后冲刺姿态迎接考试。然而，我还是在临考试的前一天下午订购了晚上十点左右的最后一班飞机票，准备弃考回南京。当我夫人郭建新教授接到我准备弃考的电话后，鼓励我不要退缩，临门一脚争取成功，并说只当再体验一次，以准备落榜的心态进一下考场，这也算对自己人生有一个努力了的交代。同时，湖南师范大学伦理学学科的几位年轻老师知道我准备弃考的想法后，分别鼓励我进考场，都说进了考场就有成功的希望，不进考场就是彻底放弃。在夫人和老师们的鼓励下，我当即退了机票，第二天进了考场。结果真让我圆了攻读哲学（伦理学）博士学位的梦。在此，我由衷感谢给我鼓励和信心、促使我鼓起勇气进考场的老师们和夫人郭建新，否则我这辈子将与攻读博士学位擦肩而过，将没有机会在湖南师范大学学习深造。

在湖南师范大学攻读博士学位期间，工作、学业等必须同时并举，我的“双肩挑”是很艰苦的，但在唐凯麟先生及其带领的超强学术团队中诸如刘湘溶、张怀承、王泽应、李培超、李伦等诸多老师的指导和影响下，我受到了非同寻常的学术熏陶，进一步增强了我的学术底气、促进了我的学术的快速发展；同时，在领导和老师们的支持下，我的工作没有受到任何影响，且在成就中增强了幸福感。

2000 年，南京师大原经济法政学院分成公共管理学院、法学院和商学院。公共管理学院刚刚成立时，共有 40 多位教职工，就学科建设状态来说，与其他两个学院共有一个博士学位授权点，学院自身有 4 个硕士学位授权点。到 2012 年我离开院长岗位时，学院有近 150 位教职工，仅学位点建设上就申报成功 2 个一级学科博士学位授权点和1个二级学科博士学位授权点。同时,国家重点学科和省级重点、优势学科、重点研究基地等应有尽有。可以说,公共管理学院的学科建设实现了“大满贯”。

说实话,我刚刚任政教系副系主任时,工作经验是从零开始的。其间,我从边干边学开始,经历了主管行政、教学、成教、科研、党务等工作,形成了自己的一套战略与战术相结合的工作方法和工作理念。在担任公共管理学院院长时,我讲得最多的工作理念是,“常规工作有条不紊,重点工作一着不让,特色工作有声有色”;还特别强调,“头等大事是学科建设,头疼大事是服务创收”,所有大事必须都抓紧抓好。当然,我更注重学院的家庭式氛围建设,唯此才能调动全院教职工关心学院事业发展的积极性和主动性,也才能真正实现跨越式发展。事实上,在学校领导的支持和关心下,在全院教职工的共同努力下,公共管理学院经过10多年的建设,在南京师范大学由原来的小院、弱院发展成了大院、强院。

回想我的院长经历,有顺利和高光时刻,也有坎坷和灰暗地方。前面提到的头等大事学科建设的“大满贯”,可以说给公共管理学院带来了空前的风光。就头疼大事来说,公共管理学院的学院、学科建设没有因缺钱而受影响，教职工的业绩收入也总是名列学校的前面方队。也因此，全院真像个大家庭，拥有教职工感到团结、和谐、惬意的好环境。当然，学院工作繁多，各种利益关系也是错综复杂，并不都是一帆风顺。因此，作为院长，需要有肚量和格局，容得下各种诉求甚至批评，唯此才能团结大家齐心协力为学院事业发展而奋斗。我深深体会到，“领导”在一定意义上内含着“忍辱负重”的意味，聚人心、聚力量是领导的最基本工作目标。

**五、彩色理论和学术魅力**

在高校工作，自身的业务发展永远是硬道理。如果课堂上被学生轰下台，如果不能通过科研站到学科和学术前沿，那就没有资格当大学老师，因为业务不能进步，必将误人子弟。因此，学业、学术是大学老师的生命。

我一辈子从事伦理学教学和教学研究，从没有敢懈怠。授课的费心投入和钻研，受到了同学们的欢迎，也因此我在还是讲师时就获得了南京师范大学为数不多的教学一等奖，而后更是获得了“南京师范大学奕熙精英教师”称号。

让我最有成就感的是，每次上课结束都有许多同学要么在教室，要么在路上围着我问问题，交流观点。有一学期给博士研究生上公共思想政治理论课，在学习结束的作业中，有同学说，课程开始时带着小说去听我的课，谁知一节课下来，不仅小说白带了，而且后来每次听课记录到手发酸，生怕精彩授课没有记录好。

在高校一辈子，我真正体会到了何为活到老学到老。要上好课，必须不断地学习；要搞好科研，必须不断地学习。

作为大学老师来说，科研是立身之本。说实话，刚刚留校时我对于科研从方法到方向及其选题，像是一张白纸，几乎是科研盲。1982 年在中国人民大学进修伦理学的一年，是我科研启蒙、起步的一年，而后慢慢地摸索了一套具自己风格的研究方法和研究理路，最后形成了系统的题为“哲学社会科学学术研究的基本理念与方法”的关于如何做学问的研究生讲座讲稿。

关于我的学术道路，好多人问我是怎么选择经济伦理学研究方向的。这里有个故事，20 世纪 80 年代末，我作为南京师范大学政教系副系主任参加了国家教委师范司在湖南长沙召开的全国师范院校政教专业建设会议，会上师范司金长泽司长要求各学校结合当地经济、社会、文化等发展特色，高质量有特色地办好政教专业，还指着我说，“小王，你们江苏经济发达，政教专业建设就应该充分考虑经济建设及其带来的文化、社会等发展特点，办好有特色的政教专业，并按国家教委设置的课程体系讲好政教专业各门课”。我当时听了金司长的讲话，如醍醐灌顶。同时，金司长的讲话引起了我对伦理学课程与经济结合的可能性的思考，而且当时正值我国改革开放、经济快速发展的关键时期，经济和经济建设理论需要深入和完善，一些不道德的经济现象或问题需要引起关注和解决，再加上我一直致力于对马克思《资本论》和现实经济理论问题的学习和研究，有一定的经济学的学科基础，故我决定主攻经济伦理学的研究，这在全国学界应该是比较早的研究视角和研究方向。

主要学术方向既定，我确立了两大主题，一是经济伦理学基本原理研究，二是经济伦理学的应用研究，用后来学界形成的普遍共识的话说，即坚持“顶天立地”的研究理路。在基本原理研究的基础上，我撰写出版了《经济伦理学:经济与道德关系之哲学分析》。而后通过调查研究，在结合现实经济建设和企业发展状况的基础上，研究和发表了关于道德资本问题的系列研究成果，其中《道德资本研究》获批江苏省首批外译著作立项，《道德资本论

(第二版)》获批“江苏名家名作”(首期两项之一)外译项目,《道德资本研究》和《道德资本论》分别被翻译成英文、日文、塞尔维亚文和英文、德文、泰文、俄文等多国文字在海外出版发行,其中,《道德资本研究》(英文版)获得第十四届输出版优秀图书,《道德资本研究》(塞尔维亚文版)获得第十六届输出版优秀图书,《道德资本研究》(英文版)还获得版权输出奖励计划。也因此我被学界戏称为“道德资本家”。

学术成果走向国际,也使得我的国际学术交流有了进一步的展开,不仅多次参加国际学术会议,而且被邀请到诸多国家讲学,我作为南京师范大学经济伦理学研究所的所长还在国内举办了有日本、西班牙、印度等国学者参加的“道德资本与企业经营”国际学术研讨会,还与英国经济伦理学界在英国伦敦联合举办了国际经济伦理学学术研讨会。这些学术经历对我来说也是学术得到更进一步历练的过程。

经常有学界同仁跟我一起交流学术人生及其学术体悟,艰苦的学术历程使得我对以下理念之体悟越来越深刻:学术的本质在于创新,学术的依据在于问题,学术的宗旨在于致用,学术的活力在于交流和商榷,学术的潜力在于积累和勤思，学术的基本思路在于“顶天立地”，学术成功的主观条件在于挤时间、投入精力、锤炼学术，即时间＋精力＋学术（时间＋精力）。

做学问是艰苦的，别的不说，就花费时间和精力来说，要有非凡的毅力。我经常跟弟子们说，学术要想有成就，就时间来说，必须做到每天晚上12点或后半夜1点左右睡觉，坚持5到10年，必有成就，即用时间换成果。对弟子们这么说，其实我一辈子就是这样过来的，尤其是我在南京师范大学作为中层“双肩挑”职工，不充分利用业余（晚上）时间做学问是绝对出不了成果的。

说实话，做学问是惬意乃至幸福的，其不只在于成果的发表是兴奋、是荣耀，还在于成果的问世获得学界同仁的质疑和交流、认同和赞赏，更在于能合乎逻辑地、有效地说明和解决理论和现实问题。

有人说，理论是灰色的，学术是扯淡的。我说理论是彩色的，学术是有趣、有用且有魅力的。理论拓新无价，学术之树常青。

结语：人生创造风景，风景即是人生。人生风景特美、独好，享受人生风景愉快、惬意！

# 实现人生梦想之宝典

## ——读朱步楼*著《成就最好的自己》

一口气读完朱步楼的哲理散文《成就最好的自己》，心情久久不能平静，由浅见深的人生哲学分析、由微观日常生活到宏观人生理想的深刻表达、由形散而神聚的逻辑推理，会让人心境忽然开朗并顿悟何为完美的人生，也让人觉醒成就最好的自己有章可循、有据可依。正如朱寿桐在序言中所说："从这本《成就最好的自己》中，透过精美的文笔，精致的语句，精彩的人生，最容易感受到的便是精深的感悟和精到的发挥。"说实话，没有深厚的哲学功底、深切的生活体验、深刻的文学修养，是不可能成

---

* 朱步楼，法学博士，江苏省政协专家咨询委员会副主任、省政协理论研究会副会长、教授。

就这样一本不读可惜的似文学但确是哲学、似哲学但确是文学的鸿章钜字。

全国政协常委、民进中央副主席朱永新在序言中写道，步楼先生在书中“讨论了生命的意义、幸福的真谛、快乐的秘诀、读书的滋味、信仰的动力、自由的维度等若干关于人生的大问题。这些问题，涉及成就最好的自己的价值观和方法论”。“这些他写给年轻人的文字，是他多年人生积累的经验，相信对于成长中的年轻人是特别有意义的。”是啊！《成就最好的自己》可以说是非凡之作，它系统而又深刻地讲述了如何活出精彩并造就完美人生。换句话说，人们尤其是年轻人如何实现人生梦想，《成就最好的自己》中能找到答案。在此我联想到马克思曾经的名言，即人类解放的目的就是要“使人的世界即各种关系回归于人自身”，观照《成就最好的自己》，深深地感到，书中的关于成就最好的自己、造就完美人生的思想，实乃马克思的“回归于人自身”的现代诠释。

《成就最好的自己》合乎逻辑地回答了如何实现人生梦想的系列重要问题。

一是做真正认识自己的人生。人生在世，首要的是认识自己作为人，因何而生？如何为生？否则，成就最好的自己、实现完美人生就没有前提、没有基础。浑浑噩噩的人生，是对人和人生的亵渎。书中说："在人生旅途中，学业能否进步、事业能否成功、生活的快乐多少、生命的价值大小，关键在于认识自己的程度。"又指出，认识自己不是易事，需要在历练和修养的实践中不断自知，需要在"以人为鉴中认识你自己"。只有真正认识自己，才能真正懂得生命的意义，也才能成就最好的自己、实现完美人生。

二是做有健康身心的人生。既有强健的身体，又有健康的心理，那才具备成就最好的自己、实现完美人生的可能和条件。书中用较多的篇幅阐释身心健康对成就最好的自己的重要性，在引用毛泽东的"欲文明其精神，先野蛮其体魄"的基础上，强调科学、适度地运动是健康身体之必须，同时指出，强健的体魄必须保持平和、乐观、进取的良好心态，还指出，心地善良、友善待人是"人性的光辉""道德的光辉"。

三是做有信仰的人生。人若没有信仰，就必然没有崇高的追求，更没有行动的动力。在缺乏信仰、失去信念的情况下，要成就最好的自己是不可能的。书中联系中国共产党走过波澜壮阔的100年的光辉历程，明确指出

“信仰的动力穿越人心”“信仰的动力穿越生死”“信仰的动力穿越时空”，因此，可以说，信仰是成就最好的自己、实现完美人生的重要动力。

四是做有远大理想、追逐梦想的人生。人生没有远大理想或不能筑梦未来，就像航船没有目标，也就必然没有方向，更没有激情澎湃的行动。书中说：“让生命充满理想和追求、色彩和诗意、张力和激情，则有着非凡的意义。”书中还指出，人生有梦想才有积极进取、用奋斗改变世界和自我的愿望，才有切切实实的行动，也才可能成就最好的自己、实现完美人生。

五是做懂得真正幸福的人生。说实话，最好的自己一定是幸福的人生，而幸福的人生不是坐等而来，是干出来的。因此，幸福的“底色”是奋斗。书中说，“当你享有成功的喜悦、体验生活的乐趣、感受心境的舒展之时，你就在拥抱幸福。”这也说明了，幸福的获得需要奋斗并获得成功。当然，书中还指出，幸福与人的德行同在，幸福是物质幸福和精神幸福的统一、是个人幸福和他人幸福的统一。这是辩证的真正的幸福观。

六是做拼搏奋斗的人生。成就最好的自己、实现完美人生，说到底，得干、得行动。“乐业爱岗、敬业笃行、精业奉献，就如同一枝彩色画笔，能够绘就‘最美’人生、书写卓越篇章。”事实上，“劳动始终是创造价值的唯一源泉、是一切成功的必由之路”。因此，成就最好的自己，劳动是根本。

七是做有高情商的人生。成就最好的自己、实现完美人生，情商是关键。书中指出，作为体现把握控制自己情绪和处理人际关系能力的“情绪、意志、耐受挫折等方面的品质”，直接影响当事人的生存技能、品德修养和性格力量，直接决定人生之人脉关系的质量。因此，“只有我们在知行合一中着力提升情商，就可以将自己活成一束光，既照亮前行的路，又温暖同行的人”。事实上，在成就他人的同时总是能更好地成就最好的自己。

八是做铿锵浪漫的人生。人生是严肃的，同时又是丰富多彩、浪漫潇洒的。完美的人生也一定是认真的、也是洒脱的。否则，很容易形成机械的人生、无趣的人生，甚至是无聊的人生。因此，书中告诉人们，人生应该涵养家国情怀、读书滋养品性、增强微笑力量，守纪中寻求自由、孤独中淬炼品质、大爱无私中拓宽胸襟、在风趣幽默中练就乐观豁达的性格，等等。

由是观之，《成就最好的自己》是一部认识自己、设计自己、发展自己、完善自己的人生宝典。开卷启迪无限，闭卷沉思深远，愿《成就最好的自己》成为年轻人实现人生梦想的“导师”和“阶梯”。

（原载《新华日报》2022 年 5 月 6 日）

# 情系家乡

# 信义之都

溧阳称之为信义之都，有其历史的缘由和依据。

伍子胥乞食与史贞女投江的故事，自古以来在溧阳乃至中华大地，家喻户晓、妇孺皆知。史贞女舍身投江，以死表达守信，是古代经典的信义故事。历代溧阳人自豪地口口相传两千多年，说明溧阳人始终推崇信义之德。

史贞女的故事，早在西汉司马迁《史记·伍子胥列传》中记载："伍胥未至吴而疾，止中道，乞食。"即是说，伍子胥没有逃到吴国时身体就很虚弱，途中曾经讨食吃。

虽司马迁在这里没有讲清伍子胥在逃往吴国的途中在哪里乞食，但《左传》《越绝书》《吴越春秋》等则有较为清晰的记载。

话说周景王二十三年、楚平王七年，也就是公元前522年，楚平王轻信谗言，冤杀了大臣伍奢及其长子伍尚，次子伍子胥痛恨楚平王加害父兄，放言说一定要兴兵雪恨，并即刻逃离楚国。

当楚平王知道伍奢次子伍子胥逃亡以后，为斩草除根，便布告各地捉拿伍子胥，并派追兵一路追杀。

为摆脱追杀，伍子胥弃车徒步，走小路日夜兼程。可想而知，伍子胥在这逃命的路上也是东躲西藏，沿路乞讨还经常挨饿。

当他逃到溧阳南渡附近的濑江即古河濑水边上时，看到一女子在江边浣纱，身边放着一桶浣纱用的糨糊。那时的伍子胥，已经几天没有进食，饿得摇摇晃晃，他不得不停下脚步，问姑娘有没有可以吃的东西。女子朝他看了一眼，此人尽管须发已白，但气宇轩昂，目光炯炯有神，不像一个普通人。再仔细看去，咦，这人貌似眼熟，哦，原来他很像到处张贴的楚国要犯伍子胥的画像。女子不动声色，只问伍子胥从何而来、往何地去。伍子胥不想欺骗眼前这位姑娘，就说，我被人追杀，要逃往吴国。此刻浣纱女说："看来你就是逃亡的伍子胥，我这能吃的只有这糨糊，不嫌弃的话，就吃点，吃饱了可以赶路。”

伍子胥呆住了，没想到好不容易逃到吴楚边境，在这荒僻的地方会让一个女子认出自己，便知道楚平王是布下了天罗地网，一定要捕捉到他。

落难的伍子胥实在饿急了，在连声道谢的同时，拿起桶里的瓢，一瓢一瓢地舀着，一会儿就将大半桶糨糊吃得精光。

其实，伍子胥在吃糨糊的同时，心里在想着这女子会不会报官。因为伍子胥在逃亡路上也看到过布告，布告明确承诺，告发伍子胥有赏，可赠粟五万石。这里“石”为古时计量单位，大致十斗为一石（《说苑·辨物》），一石为十六两制的一百二十市斤（《国语·周语》）。伍子胥认为，这是一笔不小的赏赐，总会有人为之动心。如果浣纱女为赏赐报官，他就完了。

为此，伍子胥离开前，对这位女子说，姑娘，千万不能报官啊！并再三恳求保密，以保他性命。还承诺，有朝一日报仇雪恨，一定回来报答救命恩人。

此时，突然见远处尘土飞扬，好像是有人马追来，伍子胥知道这是追杀他的官兵。情急之下，伍子胥双膝跪地，叩求浣纱女子不要跟任何人说见过我伍子胥。

浣纱女子当即说:“我绝不会为了昏庸平王的谷物之赏把你这位忠良后代献给他,你赶快离开这里吧。”此时追兵已经很近,伍子胥再次深深作揖,感谢这位姑娘的深明大义。

没走多远,伍子胥突然听到身后传来“扑通”一声巨响。再转身看时,姑娘已没有踪影,水中涟漪四起,原先姑娘身边的一块石头不见了,只见浣纱女的纱衣还有一角隐约现于水面。

原来,为了证明自己不可能出卖伍子胥,也为了让伍子胥放心,浣纱女子居然抱起一块大石头,投水身亡,用自己的生命兑现了一句不报官的承诺。

不会游泳的伍子胥眼睁睁地看着这位女子为自己投江自尽,难过至极,他再次“咕咚”一声跪倒在地,泪流满面地咬破手指,用鲜血在濑江边的一块石头上急匆匆写了两行字:

“尔浣纱,我行乞;我腹饱,尔身溺。十年之后,千金报德!”(《东周列国志》)即是说,你洗纱的时候,我乞讨糊糊吃;我吃饱了,你投江溺水身亡。十年之后,我一定重金报答。

而后,伍子胥也很快消失在不远处的荒山野岭中。

浣纱女舍身讲信义，不是心血来潮，她是对昏庸平王的憎恨和对忠良的敬仰。同时，伍子胥被浣纱女的信义举动感动，他也随即留下诺言，要“千金报德”。而后，伍子胥也确实以信义报答了信义。

话说回来，浣纱女的尸体顺水漂浮至三里外的木杓兜村，即今溧阳南渡镇庆丰时，由村民捞起安葬。不久，村民都知道该女子是不远处溺水而亡的浣纱女。

后来伍子胥到了吴国，当上了大将军，率领吴兵，打败楚国。伍子胥大业告成即回吴国，路过濑江，专程到濑水边凭吊浣纱女，并铸造了三斗三升金瓜子，撒在浣纱女投河处的江水之中，兑现当初感恩诺言。同时，在浣纱女投河处旁，即今溧阳旧县中桥村和上吴村建祠，在木杓兜村修墓，墓后亦修有祠。

至此，村民们才知道浣纱女就是史贞女，她是为信义投河。

很快，史贞女舍身守信义的故事传遍四面八方。至唐代也引起了诗人李白对故事的兴趣，他三进溧阳，言语、诗文必提史贞女，李白在《游溧阳北湖亭望瓦屋山怀古赠同旅》一诗中写道：

长吁相劝勉，何事来吴关？

闻有贞义女，振穷溧水湾。

……

遗迹翳九泉，芳名动千古。

……

凛冽天地间，闻名若怀霜。

诗的含义是：

游子长吁互相劝导勉励，为什么要来吴关啊？

听说这里有忠贞仗义之女的古坟，她曾经在溧水湾救助困穷的伍子胥。

……

遗体遮蔽在九泉之下，芳名感动千古之人。

……

她的英名凛冽长存于天地之间，闻她的芳名如胸怀霜雪一样高洁冰清。

有据可查的实物是李白撰史贞女碑文，碑文中赞美史贞女的义举："声动列国，义形壮士。……投金濑沚，报德称美。明明千秋，如月在水。"

碑文的意思是，史贞女的信义之举，感动四面八方，像血战沙场的壮士。而伍子胥用金瓜子撒在濑江，报恩史贞女，值得称赞。史贞女为信义投江和伍子胥兑现感恩诺言，流芳千秋，照耀后人，真如明月在水，清澈透明，光彩沐人。

根据不同版本的史料记载，伍子胥逃亡路上乞食推崇信义的典故，在溧阳还有一个故事版本。

据《吴越春秋·子胥与渔父》记载，伍子胥为摆脱平王派遣的追兵，弃车徒步至溧阳濑江边，请一渔翁摆渡过江。当时渔翁一见神情紧急并急于过江的陌生人，便知道是平王追杀的、到处有画像张贴的伍子胥。渔翁已经听说伍子胥是良臣伍奢之子，故即刻起锚送伍子胥过江。过江之后，渔翁见他面有饥色，就带他到不远处的芦苇荡边的树下休息，并对他说，你在这树下等我，我去给你找点食物。渔翁走后，伍子胥起了疑心，以为渔翁要去告发自己，于是藏到了芦苇深处。没多久，渔翁带着食物返了回来，渔翁见树下没有了人，于是低声呼唤："芦中人，芦中人，岂非穷士乎？"渔翁喊的是，芦苇中人，芦苇中人，难道不饥饿吗？渔翁再三轻轻呼喊，伍子胥才从芦苇中走了出来。

随即那渔翁就说："嘿嘿，吾见子有饥色，为子取饷，子何嫌哉？"渔翁说的是，嘿嘿，我看见你饥饿，给你取饭，你为何猜疑我？伍子胥只淡淡地说："性命属天，今属丈人，岂敢有嫌哉?”即是说，性命属于上天，现在属于丈人，怎么敢猜疑你呢。这里的“丈人”是古代对老人的尊称。

吃完了老翁找来的食物，伍子胥解下百金之剑送给渔翁，说道，我这把剑已经祖传三代了，上刻七星北斗，另有龙跃于渊，价值百金，把它送给你作为答谢。渔翁说，你求我摆渡你过江时，我就知道你是伍子胥，因为你的模样与捉拿你的布告上的画像很像，布告说平王下了命令，擒获伍子胥之人，可赠粟五万石，得到楚国最高的爵位。我既然救了你这个忠良后代，难道还贪图这百金之剑吗？渔翁推辞不收，让他快些离开，不要让楚国人捉住。

伍子胥随即请教渔翁高姓大名，那渔翁笑道：“今日大凶，两贼相逢，吾所谓渡楚贼也。两贼相得，得形于默，何用姓字为？子为芦中人，吾为渔丈人。富贵莫相忘也。”即是说，今天很凶险，两个贼相遇，我可谓是摆渡楚国罪犯的贼。两个贼相互理解，在于默契，为何问姓名呢？你是芦中人，我是渔父，富贵了不要忘了我。伍子胥当时允诺了。

伍子胥临离别时，不断地嘱咐渔翁将他吃剩的东西好生掩埋，不要泄漏了他的行踪。渔翁一一答应。伍子胥转身后一步三回头地看渔翁，心里一直不踏实。最终还是走了回来，将腰间长剑解下，双手托举并双膝跪地递给渔翁，恳请渔翁收下。渔翁顿时明白，伍子胥是为谢恩，更为担心渔翁告官，叩求渔翁为他保密，以保他一命。

此时，远处已经尘土飞扬，渔翁判定十有八九是追兵将至，再有迟疑，伍子胥将被捉住。在这危难时刻，刚强渔翁收下长剑，仰天长叹，在江面对伍子胥说道，我搭救你只因你是忠良后代，并不图什么报答，更不会出卖你。还说，信义重于命啊！而今，你仍然疑心我贪利少信，我只好以此剑示高洁。于是砍碎船只，横剑自刎于江中。伍子胥悲悔莫名。

这故事只是另一版本的传说。

以上伍子胥与史贞女、渔翁的故事，虽正史没有记载，但是传说也是一种文化及其传承，反映人们的信义重于生命的一种价值追求。

因此伍子胥从楚国逃命至溧阳，不管是史贞女为表信义投江自尽，还是渔翁帮助其渡江拒收价值百金宝剑、掀翻渔船自刎于江水之中以表守口仗义真诚，这都说明溧阳人推崇信义，视信义如生命。

溧阳人历来推崇和讲究信义。

信义也即信用和义气。讲信用必有义气之感，而义气尽管有情绪冲动之嫌，但是它一定是以信用为基。故信用和义气是一对“孪生兄弟”。信用和义气在古代也有忠信之内涵。

讲信用、义气乃至忠信成了历来溧阳人推崇的高尚品质。

《宋史》记载了南宋赵淮和两位妾室的典故，其动人的故事，演绎了又一让人们啧啧称赞的信义、忠信之举。

话说南宋赵淮是南宋重臣赵葵的侄子。青年时曾随叔父赵葵一起平定过红袄军之叛，屡立战功。红袄军是指中国金末山东、河北农民起义军。在蒙古侵金的同时，山东、河北地区的人民，纷纷举行了反抗金朝黑暗统治的武装起义，少者数万人，多者至数十万。起义者穿红袄作标记，故名“红袄军”。因南宋朝廷对有杀官经历的红袄军不放心，一直在红袄军内部制造矛盾、分行瓦解，以至于到后来大肆镇压红袄军队伍。因为理宗皇帝赐第（即赏赐宅第）赵葵于溧阳，故赵淮也就随赵葵搬迁到了溧阳，县志记载当时赵葵府邸位于城南曰“南府”，赵淮府邸位于城北曰“北府”，时人号称“南北二府”。

赵淮所处之时的南宋朝廷，内有奸臣贾似道当道，外有蒙元强敌压境，可谓日薄西山，王朝末路矣。咸淳年间，为避险恶官场，赵淮请求辞官还乡，朝廷念其在平定李全叛乱时立有大功，故获准退职家居。

李全，金朝潍州北海（今山东潍坊）人，汉族，金末地方武装集团的首领。李全开始依靠南宋伐金，后来，当时许多农民起义军将领蜕变为扩张个人势力的野心家，李全更公开与宋敌对。结果在金正大八年（1231），李全兵败而死。

至宋恭帝德祐元年即 1275 年春，元军大举伐宋，从江州、淮西分道并进，南宋朝廷命贾似道率军应敌，贾似道畏敌如虎，兵败芜湖，宋军十三万精锐尽数溃散。元军一路势如破竹，沿长江各州各县将领或投降或遁逃，在这危难之际，朝廷将已经致仕（即退休在家）的赵淮重新起用，任命为太府寺丞，并派他会同临安府判陈昭宾在高淳县的银树、东坝一带设防抵御元军。太府寺，即大司农，掌钱谷金帛诸货币，主官为太府卿（卿一人，从三品），与少府寺（少卿二人，从四品上）相对，均为供应皇室用度之官，两者的分工是太府专管库储、出纳，少府专管工程、制造。太府寺丞四人，从六品上。掌判寺事。凡元日、冬至以方物陈于庭者，受而进之。会赐及别敕六品以下赐者，给予朝堂。以一人主左、右藏署帐，凡在署为簿，在寺为帐，三月一报金部。

赵淮当时对朝廷在国家危难之际的信任和起用，心存感激，立志守信义、尽忠信，誓言"与溧阳共存亡"。

为此，赵淮受命召集溧阳义军，在长荡湖制造兵船，并倚靠附近山势居高临下，囤聚粮草，设置营寨，以阻挡由建康（即今南京）方向前来进犯的敌军。不久赵淮又被授予淮东转运使，并设衙于溧阳。

是年冬十月，元军分数路攻向南宋都城临安，溧阳正值建康与临安的战略要冲。宋元军队在溧阳地区展开殊死大战。整场溧阳战役，宋军前后阵亡兵士两万余人，将校七十余名，可谓惨烈之极。德祐二年（1276 年）春，元军徐王荣和陈翼用兵七百人，招降溧阳城，赵淮不幸被俘，并被押解至瓜洲（即今扬州市邗江区）。临别溧阳时，赵淮口占一首《辞家庙》：

祖父有功王室，德泽沾及子孙。

今淮计穷被执，誓以一死报君。

刀锯置之不问，万折忠义常存。

急告先灵速引，庶几不辱家门。

这首诗的意思是：

祖父有功于王室，品德泽润子孙后代。

今天我赵淮被抓，决意以死报君。

砍头锯身皆置之不问，百折不挠心中永存忠义。

快快禀告前辈先灵，我作为贤臣后代不会有辱家门。

赵淮此时没有忘记守信义、尽忠信的志向，不仅自己根本不存有投降敌军苟活于世的念头，而且号召溧阳百姓誓死不降、保卫家园。

赵淮被押解至瓜洲见到元军元帅阿术，阿术左右呼喝令他下跪，赵淮傲然挺立不跪。英雄惜英雄，阿术敬重他是条汉子，有意招降他，取来调兵虎符欲收他在帐下，赵淮坚决不受。阿术更觉赵淮够英雄，于是给他松绑，希望他能到扬州去招降据城死守的李庭芝，并许诺招降成功之后将委以重任。赵淮假装答应，到了扬州城下，赵淮对着扬州城楼高声呼道："李庭芝！男子死耳，毋降也！"(《宋史》卷四百六十 列传第二百一十九)赵淮喊的是：李庭之！男子汉，死就死，不要投降！

话说这位李庭芝，随州（即今湖北随州）人，南宋名将。淳祐元年即公元 1241 年，中进士。宝祐年间，知真州，累迁两淮（淮东、淮西，也指安徽、江苏大部分地区），安抚制置大使（宋代统兵大员官名，以安抚使或安抚大使兼任，或以统兵将领充任，为制置使司主官）。掌管一路或数路军务，筹划边防事宜。以资深者兼任，时称制置大使兼知扬州。

听到赵淮的喊话，阿术顿时恼羞成怒，立刻下令斩杀赵淮。英雄赵淮慷慨就义于扬州城下。而后，阿术将他的尸体抛在长江边。

据记载，赵淮在溧阳被俘时，他的两位名为翠莲、绿云的妾室紧跟其后，赵淮大声喊叫，令她俩离开，两位妾室说，我们不会离开你，愿意跟随你一起坐牢受苦。赵淮接着说，我现在性命难保，你们各自珍重，快快离开。两位妾室又说，我们当初均有“同生共死、致死不分”的承诺，因此没有你，毋宁死，我们跟你一起共赴黄泉。

后来，元军干脆把赵淮两位妾室一起抓。

因赵淮两位妾室长得漂亮，元军两个将领先将赵淮处死，而后想逼她俩分别做他们的妻子。机智的翠莲和绿云各自都有与赵淮“同生共死、致死不分”的心愿，两人心领神会地使了个眼色，佯装同意，伺机殉葬。因此，她们提出的条件是将赵淮尸体火化并将骨灰撒入江中。元将信以为真,并按两女子要求办理。

赵淮尸体火化后,赵淮的两位妾室脱下外衣,将赵淮骨灰包裹好,抱在怀中,跟着元军上了木船。当木船行驶到金山附近江面时,翠莲、绿云选择江中小岛边水流旋涡处将赵淮骨灰投入江中,然后两人同时纵身一跳,投江而死。这两位女子的壮烈之举,把在场的元军将士都惊呆了。

赵淮和两位妾室的信义、忠信之举,史书、方志均有记载,且一直被后世赞颂。尤其是人们将翠莲、绿云二人的牌位迁入史贞女的贞女祠内,"一贞二烈"被人祭拜,成为溧阳古代讲究信义、忠信的象征。

对这信义、忠信之举,元代诗人刘麟瑞专门写诗:

石头城昔号金汤,岌岌孤墉战马场。

西日突围逃溧水,南冠荷校说维扬。

血凝汉节夸男子,身寄秦淮藉女郎。

千载一门忠与烈,仰天哭向水云乡。

这首诗的意思是:

石头城曾经号称固若金汤,

危在旦夕的孤城正是战马场。

趁夕阳西下突围逃到了溧水，

被俘后戴枷充和说客押到维扬。

坚守汉节、忠贞国家的大男子用鲜血凝就，

身葬水底枕在妻妾身上。

名垂千秋的一门忠烈之赵淮及两小妾。

仰天恸哭所向之地水云弥漫(风景清幽的地方，也多指隐者游居之地)。

这既是对赵淮及其两位妾室的信义、忠信之举的激情感叹，更是对他们的信义、忠信之举的认同和推崇。

史贞女和渔翁、赵淮及两位妾室的信义之举，是溧阳人引以为豪的代表溧阳人传统伦理精神的重要特质之一，换句话说，把信义看得比生命还重要，是溧阳人历久弥新的品质，它深深地融入了地方文化及其文化血脉之中。也正因为这种传统的溧阳精神文化特质，造就了历代溧阳人信义为重的高尚品质。

这里要指出的是，史贞女和渔翁、赵淮及两位妾室的信义之举是在溧阳地域的典故，其实在两千多年以来的中华大地，类似史贞女和渔翁、赵淮及两位妾室的故事，即为了心中厚重的信义而肝脑涂地、以死相报的人和事比比皆是。所以推崇和奉行信义是中华民族优秀传统品质，是流淌在中华民族优秀传统文化血脉中的精神动力，更是今天建设人类命运共同体中不竭的力量源泉。

（央视科教频道 CCTV10《百家讲坛》栏目 2021 年 4 月 9 日播出，王小锡编撰并主讲。本文资料来源于路发今编著的《梦乡天目湖》（江苏文艺出版社 2010 年版）、朱红新主编的《溧阳乡愁》（江苏人民出版社 2016 年版）等文献，特向路发今、朱红新等相关作者致谢）

# 溧 阳 赋

江南古邑，溧水以北，水北为阳，故称溧阳。名起春秋①，县始秦皇②。历代重镇，千秋煌煌。后世曾曰永平、永世、平陵。历隶会稽、彰郡、丹阳、扬州、金陵、江宁、镇江。元、明升为溧州、溧阳府、溧阳路、溧阳州。今撤县设市，属江苏常州。此乃史地沿革之大略也。

远纪瀛海奥区，沧桑兮悠悠万古。人类发祥之地，始祖兮中华曙猿③。

夫其形胜也，山高水长，巍巍晖晖。东临湖海，西接

---

① 春秋吴国即有"溧阳"之名。

② 秦始皇时建溧阳县。

③ 经中外科学家联合考察和严密论证，溧阳上黄镇夏林一带发现的距今约4 500万年的中华曙猿(化石)是包括人类在内的高级灵长类的共同祖先。

楚地，南望天目山，北眺长江水。西南层峦叠嶂，东北秀水萦纡。丘陵平原接壤，青山绿水相依。天成太极，大地生辉。鱼米之乡，丝绸之府，茗茶之城，“鸡鸣三省”[①]之富庶地焉。

夫其风景也，天光云影，景秀气清。天目湖，山抱水，水拍山，万般绚丽，若西湖北漂至此兮，画意诗情；长荡湖，水涵天，天映水，一色水天，犹太湖西浮至此兮，梦幻波粼。密布水流，轻舟荡漾，纵横遂心。千山万壑，氤氲缭绕，神仙洞庭。南山竹海，无垠绿浪，琅玕敲韵兮，似琴瑟之和鸣。龙潭古树[②]，气绕云缠，雄浑苍劲兮，若护山之尖兵。古桥奇葩，棋布江河，千姿百态，巧夺天工。平桥石坝，扼锁山洪，四季飞瀑，流泉铮琮。高静园囿，曹山秀色，仙居西山，龙盘大石。宋团城[③]访古，博物馆寻思。绚景美不胜收矣。

---

① 指溧阳地处苏、浙、皖三省交界，形容鸡叫传三省。

② 溧阳龙潭林场内的野生香果树群落约有 20 余株，其中最大的胸径达 51.1 厘米，树高 21.5 米，被专家现场认定为全江苏省单体最大的野生香果树。香果树素有“活化石”之称，是国家二级重点保护植物，为中国特有单种属珍稀树种，起源于距今约 1 亿年的中生代白垩纪，被誉为“中国森林中最美丽动人的树”。

③ 古时隶属南唐国的溧阳县城，构筑了圆形护城河和城墙，故称团城。现尚存古城墙残墙、古城中河遗址等。

夫其美馔也,佳饮名肴纷呈,色香味形齐全。溧阳白茶,依山傍水,雨露润兮,清香回甘。溧阳白芹,晶莹似玉,爽脆嫩兮,蔬林绝观。溧阳扎肝、周城咸鹅、溧阳风鹅,饪哲范兮,腻弱肥鲜。雁来蕈菌、南山板栗、茅尖花红,鲜香纯兮,宜季妙选。南烛乌饭,紫晶剔透,补精益气兮,固本驻颜。砂锅鱼头,琼浆玉液,稀鲜隽美兮,味甲昊餐。美味佳肴,举不胜举也。

夫其文化也,积淀厚重,高山仰止。带柄石斧[①],神墩遗址[②],青铜蟠虺文双耳三足盘[③],石刻井栏[④],梅岭溧玉,深沉远史。狮舞马灯,知古傩戏,流风未替。焦尾琴[⑤]兮,七弦乐奏故里。贞女碑兮,数说至诚仗义。报恩禅寺、宝藏禅寺等诸多千古名刹,集神蕴佛灵之气。伍员山、瓦屋山、蔡邕读书台之传说,酒习俗、茶艺俗、溧人仪礼举之风尚,蕴身正刚毅、厚意真诚、宽容感恩、尚善笃行之濑江伦理。诸多骚人墨客,溧地抒怀,脍炙人口诗篇,

---

① 国家一级文物,新石器时代工具。

② 溧阳社渚镇发掘的马家浜墓,距今 6 000—7 000 年。

③ 战国时期用具。

④ 唐代文物。

⑤ 中国古代四大明琴之一。据考证,焦尾琴是东汉著名文学家、音乐家蔡邕隐居溧阳时亲手制作,故溧阳是焦尾琴故里。

人伦道德文章，千古唱传。孟郊《游子吟》，“谁言寸草心，报得三春晖”，铸母爱孝道诗吟经典。李白三进溧阳，流连忘返，把酒吟诗，力书《猛虎行》等不朽诗篇。当今文化，同步时代，文采文品，特色彰显。古往今来，文脉欣荣，不可胜纪焉。

若夫风流人物，古今迭出，后浪推前澜。中华志士仁人，溧子群星璀璨。汉溧阳侯史崇，唐纳言史务滋，明著《农经》、人称“仙才”马一龙，清数朝元老史贻直，状元、榜眼、探花“三鼎甲”之“七贤”[①]，历朝进士，各方人杰皆文渊也。前哲往矣看今贤。中华崛起，革命志士；科技领军，两院院士；人文社科，各路豪杰；经济社会，管理英才；曲艺书画，群英荟萃。各有建树，青史可镌也。人物风流，不胜枚举矣。

至若革命传统，代代相承。历来英豪，正气浩然，至大至刚，善举高扬，邪恶必惩。昔年日军，犯我神州，洪水野兽兮，来势凶猛；中华儿女，奋起抗击，万民一心兮，众志成城。雄狮所向披靡兮，推进勇猛；敌顽狼子野心兮，

① 古代溧阳先后录取为“三鼎甲”的有七名，他们是状元普颜不花、马世骏，榜眼宋之绳、任兰枝，探花陈名夏、黄梦麟、任端书。

黄粱一梦。“水西精神”①，传颂恒久也。

噫吁嚱！溧阳文明，世世相传。宏伟史诗，续写新篇。和谐聚力，生机盎然兮，蒸蒸日上；创新发展，万象更新兮，跻身百强。水陆空四通八达，农工商百业争先。美丽乡村、幸福长寿、卫生环保、旅游休闲、绿色生态，名闻遐迩，荣膺全国兮，诸多桂冠。田园城市，欣欣向荣，盛世气象兮，国泰民安。濑江儿女，不骄不矜，勠力拼搏兮，快马加鞭。明日之溧阳：水将更秀，山将更清，天将更蓝，日将更丽，人将更靓，城将更美焉！

（原载王小锡散文随笔集：《德与美（第三版）》，上海三联书店2020年版；该赋勒石于天目湖山水园；本文有少许文字修订）

① 1939年，新四军江南指挥部在水西村宣布成立。在陈毅、粟裕的领导下，创建和发展了以水西村为指挥中心的苏南抗日根据地。从此，在这片红色沃土上镌刻了彪炳史册的功勋，铸就了“理想信念坚定，人民利益至上，不畏艰难困苦，乐于奉献牺牲”的水西精神。

# 《溧阳赋》勒石于天目湖随想

10年前的今天，我撰写的《溧阳赋》正式发表并石刻落成于天目湖山水园，这是家乡和家乡父老对我的厚爱，也是天目湖敞开信任双臂的接纳。难以忘怀的是，原市委常委、宣传部部长、市政协副主席路发今同志给予了《溧阳赋》以“很好”的首肯，原市委常委、市委宣传部部长、市人大常委会副主任沈福新同志给予了“《溧阳赋》写得大气豪气，赋得精彩出彩，石刻落成是件功德无量的大事、好事”的赞赏，时任市委常委、宣传部部长张爱文同志亲临《溧阳赋》石刻落成典礼，原市委常委、常务副市长彭留双同志在落成典礼上发表了热情洋溢的致辞，市委、市政府其他一些老领导及市部、委、办、局、镇和天目湖旅游公司等相关领导和诸多同仁好友到场祝贺。对此，我深感家乡情深,由衷感恩家乡。

溧阳,人类历史均有影,天下美景皆可觅。故,我作《溧阳赋》是力图昭示溧阳美丽的山水林园和独好的风土人情,风调雨顺鱼米香,好山、好水、好风光;宣达溧阳的悠久历史、风水宝地,地灵人杰名士多,善人、善事、善社会;期望溧阳更加美丽灿烂、吉祥辉煌,山美、水美、人更美,热烈祥和颂太平。同时,力图以美妙的韵律、雅俗共赏的辞藻、求真务实的风格,期盼家乡父老乡亲及读者能欣赏和喜欢《溧阳赋》,更深刻地了解溧阳、懂得溧阳、热爱溧阳,并由之为溧阳骄傲,为溧阳自豪。

我写《溧阳赋》是纯属家乡深情之所致。15 年前的一个深冬,大雪纷飞窗前白,登楼远眺怀旧事,思绪万千,且诸多映像在脑海翻转。厚重的历史,璀璨的经济社会文化,满眼青山绿水,处处淳朴民风,人们足足精气神,家乡的自然与社会之风光多好啊! 有趣且有味的是,儿时下雪天的雪球、雪人、雪仗,雪后放晴时避风墙脚边的"日光浴",会留下雪地脚印的稻草堆丛中的躲猫猫,犹如眼前,历历在目,好一派冬日里热闹的田园风光。每每冬去再春来,潺潺溪水淌桃花,拂面春风摇杨柳,万花绿苗映春光,燕飞鹊叫催早耕;春过夏至,背阴处的乘凉,池塘里的游泳，烈日下稻田的螃蟹，入夜后的萤火虫，青蛙的"和声"；迎冬之秋，秋高气爽，稻谷飘香，硕果累累，丰收喜悦，洋溢乡间，犹如一幅运动中的美妙的立体画卷，美不胜收。

唉，何不闭门谢客，"赋"上一首，宣传天底下最美最好的家乡——溧阳！

是啊，谁不说俺家乡好！我于1977年初离开家乡走上求学之路，随着时间的推移，家乡情结越来越浓烈，以至于我在经历南京、北京、长沙读书和工作的过程中，只要一提起家乡，就会眉飞色舞，如数家珍，展示家乡的美和好。甚至，偶尔出国学术交流，在老外面前也自豪地炫耀溧阳悠久的历史、辉煌的今天，以及天目湖的美景和美食等。令我今天还记忆犹新的是，刚进南京师范学院（现为南京师范大学），我就在同学面前"海吹"，说溧阳是小上海，有机场、火车站、港口，有山顶水库，有三步两座桥，等等，在夸耀和夸大自然风光的同时，俨然把"长三角"内的机场、火车站、港口等也纳入溧阳圈内，以至于成家有了小孩还在习惯地宣传溧阳今天才有的火车站、机场等等场景，为之，老婆、孩子经常打趣地说我一提家乡就"吹"。然而，要用写《赋》来"吹"溧阳，除了讲求文字功夫，还得求真求实，不能乱“吹”。

初步构思《溧阳赋》时，深感不仅要了解溧阳古今，而且要对溧阳的自然、地理、经济、社会、民俗等样样通达；不仅要知道溧阳文化、历史发展之特点和特色，更要深谙社会心理；不仅要写实，还要抒情；等等。为此，我分别约请范国华、朱红新、陈芳梅、周志敏、史耀锋等一些好友阐释我的写作目标、初步构思和写作风格，得到了他们的认同、支持和指导性意见。随后仅相关专业书籍和介绍溧阳的资料我研读了不下 200 万字。初稿杀青，800 多字的《溧阳赋》奉上，供时任溧阳市委、市政府及相关部、委、办、局的部分领导和文学界同仁审阅。不久，他们均热情回音，在表示首肯和赞赏的同时，都以独特的视角给《溧阳赋》提出了十分有见地的修改意见。而后在《溧阳赋》逐步润色、完善期间，我广泛听取意见，其中有我国著名辞赋、韵文专家们的修改主张，有家乡官员、百姓的要求和启迪，有我全家人的点评和文饰，有一批博、硕士弟子的“七嘴八舌”等等，可谓是集各家真知灼见，故《溧阳赋》闪烁着集体智慧的光芒。

在初稿写成后的 5 年多的时间里，我几易其稿，最终形成了 1 400 多字的《溧阳赋》，近年又作了必要的修订。

其间，一是经常为一个字或一个词或一句话翻来覆去地斟酌。例如，《溧阳赋》中的一个自然段落的叙述是，“远纪瀛海奥区，沧桑兮悠悠万古。人类发祥之地，始祖兮中华曙猿”。前后两句不押韵，先后换了几次押韵的词句，尽管意思表达类似，但由于读起来的声调和词语没有原初的即现在文中的这句子大气和豪放，故就干脆让其不押韵，这即保留了所谓的不规则中的美和好。二是经常为一种情景表述认真地调研和核实。例如，《溧阳赋》中的“西南层峦叠嶂，东北秀水萦纡。丘陵平原接壤，青山绿水相依。天成太极，大地生辉”。来自我对溧阳地势的感受，依据我对溧阳地图的研究和地形地貌考察的高度抽象。可以说，不对《溧阳赋》中所涉内容和景观逐一考察或验证，我不会也不敢贸然仅凭传说或想象提及。三是经常为风景、美馔、文化、历史、人物等铺陈内容的取舍在“特色”“代表”“唯一”“周延”等关键理念上深入探究。例如，溧阳古今风流人物举不胜举，《溧阳赋》列举了少许在溧阳人口中代代相传、广为知晓的古代人物的基础上，以群聚焦，让读者在相关群中或联想或查阅或记忆志士仁人。又如，溧阳“美馔”丰富，但不能叙述太多、太杂、太俗，赋中只提到了溧阳白茶、溧阳白芹、砂锅鱼头、南烛乌饭、雁来蕈菌、溧阳扎肝、周城咸鹅、溧阳风鹅等。四是经常为如何让《溧阳赋》给家乡人带来美和惬意的感受而冥思苦想。例如,写溧阳美景都有独特指向,坚持抒情与夸张有度、情感渲染与社会心理期望结合,竭力避免要么仅是通适各地的漂亮词汇的堆积,要么是不接地气的抒情和没有指向性的夸张,影响阅读效果,甚至影响读者情绪。

由是观之,我写《溧阳赋》力图求真、求实、求境界,恰当抒发情感,着力展示家乡优秀品位。同时,我写《溧阳赋》力求有汉赋之韵味、文赋之理性、骈偶之音律、散文之洒脱等等,并坚持藻饰不落俗套,用典规范可靠,讲究思维逻辑,展示写实主义的风格,等等。

《溧阳赋》发表后,关注的人及其赞誉声不少,尤其让我欣慰的是,许多家长带着孩子去天目湖山水园阅读石刻《溧阳赋》。记得在石刻《溧阳赋》落成一周年后的一天,在初识时任市文联副主席、民间文艺家协会主席邓超同志时,他由衷赞赏地说:“《溧阳赋》写得见功力,是首好赋。”还记得在石刻《溧阳赋》落成四周年后,由溧阳宋团城研究会在溧阳召开的“道德与文学创作学术研讨会”上,时任市住建委主任、现任溧阳市副市长的钱栋同志在讲话中深情地提道："在溧阳，虽然文脉欣荣不可胜计，但于诗词妙文中，未读过《溧阳赋》是有缺憾的事情，而读一读《溧阳赋》是彰显文化品位的事情。"近日在家乡偶遇市人大常委会原主任周建明同志，在交谈中提起天目湖石刻《溧阳赋》时，他十分认同地指出："天目湖山水园的石刻《溧阳赋》，是溧阳标志性文化景观，既展示厚重、深刻且灿烂的溧阳古今，又体现新时代溧阳文化建设与发展的高品位。"这都让我甚是欣慰、备受鼓舞。当然，写《赋》之要求，吾身学识难敌，此《赋》之不当，吾身自知难免，还请诸位同仁、朋友不吝赐教。

愿我撰之《溧阳赋》给读者带来好心情，给家乡和家乡父老带来好运！

（原稿写于 2013 年 4 月；原以题"石刻《溧阳赋》随想"载王小锡散文随笔集《德与美（第三版）》，上海三联书店 2020 年版；本文修订于 2023 年 4 月 6 日）

# 溧阳之歌

溧阳啊溧阳

你从先秦走来

带着“海洋腹地”的印记

顶着“人类发祥”之光环

风雨兼程从未停下你的坚定脚步

高山江河也未挡住你的前进念头

哪怕有时身躯病痛还在向前挺进

阳光灿烂你更是冲刺跳跃

春夏秋冬你的额头上始终流淌着艰辛的汗水

一路坎坷

一路收获

筚路蓝缕炼达坚韧不拔艰苦奋斗的性格

贞女投河诉说诚信价值追求

焦尾琴弹出天籁美音

《游子吟》诵就“春辉”之都

“一见平生亲”泉涌“栗里”痴情

“水西精神”闪耀崇高革命品质

绿水青山变金山银山塑造当代溧人拼搏形象

历代志士仁人文韬武略铸就溧阳文明

中华文明有你闪光的元素

新时代有你奋进的身影

绿色生态是你的最佳图式

富饶丰腴是你的发展常态

全国文明城市 世界长寿之乡是你的骄傲

中国最美休闲度假旅游城市是你亮丽的见证

出苏杭你是最美之城

你是“长三角”一颗璀璨的明珠

翘首尽诗情

举目皆画意

鸡鸣三省醒

山水弄舞早

青山叠嶂成翠浪

网布水流润良田

清新自然人醉氧

一号公路串联梦幻风景

美丽乡村昭示“三农”新气象

梅岭玉承载良渚等远古文化

舌尖奥妙甲天下

山趣 石趣 水趣 桥趣引八方超赞

赏心悦目天目湖拥抱五湖四海宾客

水 陆 空环球联通

溧里精 气 神播散天南海北

自豪 雄踞全国百强县市方队

愿景 接轨南京 做强幸福经济

奋斗 70 多万濑江儿女的精神寄托

溧阳啊

追梦永远在路上

青山绿水为你呐喊

淳朴民风为你加油

接力棒永远在奋斗者的手上

你的明天将更美好

（原载王小锡散文随笔集:《德与美(第三版)》,上海三联书店 2020 年版。本文有少许文字修订）

# 天目湖颂

九天落目，沙河大溪，眸光炯炯，仰望苍穹；
祈福濑江，风调雨顺，平安康乐，千秋煌荣。
远古涧溪，任性不拘，一路袭来，涸灾洪难；
浩荡东风，唤醒大地，万众筑坝，治控蛟龙。
高山平湖，神来天镜，水天一色，天地和合；
层峦叠嶂，翠浪天成，霞云缭绕，大地披虹。
国家林园，生态示范，绿色环境，清新自然；
山水连理，万物共荣，四季如画，姹紫嫣红。
森林纳氧，河溪听雨，山巅沐阳，农家乐土；
山水园美，湖里山秀，龙兴岛趣，神怡流连。
幽深山道，迂回水网，棋布桥园，闲休佳境；
南山竹海，御水温泉，弟一峰山，心旷悠然。

湖阔水秀，烟波浩渺，粼粼波光，交映蓝天；
云飞水中，鸟翔云伴，云随鱼游，湖若太空。
阅湖太公，福禄寿星，报恩禅寺，福运四方；
曙猿印记，民间传说，文史胜迹，积淀厚重。
慈母春晖，贞女殉义，烈士刚正，旷世仁德；
状元阁楼，帖碑石刻，前山琴台，彩重墨浓。
砂锅鱼头，周城火锅，溧阳扎肝，味鲜隽美；
雁来蕈菌，乌饭板栗，白芹溧茶，神州传颂。
傍湖山村，人间仙境，赏心悦目，宾客盈门；
依山圩乡，大地润泽，鱼跃谷丰，福祉亨通。
南山北水，农林工商，资源丰腴，物华天宝；
天目溧阳，文明同宗，和谐发展，圆梦强雄。

（原载王小锡散文随笔集：《德与美（第三版）》，上海三联书店2020年版。本文有少许文字修订）

# 梅岭玉赋

天籁美音堂，鸡鸣三省地。南山谷奥区，浮玉山余脉。仙人傍居，白龙悬随。彩虹迂回，天目凝视。绿水相拥，青山环抱。吉瑞福应，祥云缭绕。梅岭兮，天赐福地，皇皇玉山焉。

夫梅岭之玉，亦昆仑玉、溧阳玉是也。存坐于盘古开天地。成具于先祖砻石器。琢制于五帝统社稷。凸显于良渚展诗琦。焕发于太平开盛世。梅岭玉兮，文脉浩荡，悠悠文明焉。

奇哉！乾坤异石也。晶莹剔透，腻润软坚。润木辉山，融通方圆。沾濡人脉，浸润心田。且夫琪域琦魁、跻身名琼也。津润强韧兮，犹和田玉矣；温润和雅兮，似蓝田玉矣；柔润谐美兮，若独山玉矣；滋润圆融兮，如岫岩玉矣。梅岭玉兮，物理渊深，罡罡真烝焉。

美哉！巧同造化也。创意卓越，形神天成。精雕细琢，栩栩如生。相至菁，心至耿。循势就就，礐门神聪。寓意深切，德玉相通。灵之态，人之崇。梅岭玉兮，绚丽多姿、灿灿怀仁焉。

壮哉！“涵万象於瑶琨”也。透力人类文明发端，塑添华夏文化精髓。蕴蓄天地孔多物事，渊含世间人伦至理。喏，大贤庄、顺山集、河姆渡、马家浜、松泽、良渚诸文化遗址，皆睹其璀璨踪迹也。朴实凝重兮，刻画梅岭玉史深沉厚重、流长源远。祥瑞弥珍兮，释义梅岭玉器亭亭映丽、匠艺精湛。深邃幽幽兮，默示先祖读玉修身养性、佩玉求美致善。缤纷璀璨兮，彰显玉石文明之辉煌、溧玉精彩之万般。梅岭玉兮，神州瑰宝，耀耀溧阳焉。

噫吁嚱！梅岭玉，美玉也！仁玉也！龙玉也！

（《梅岭玉赋》乃应溧阳市梅岭玉文化研究会会长刘阿龙之邀为其创建的溧阳梅岭玉文化博物馆而作。发表于《溧阳日报》2022 年 1 月 28 日）

# 曹　山

七彩曹山，浓缩天下美景。数天下美景还看溧阳曹山。

喏：曹山的山有魅力，山之豪气看曹山；曹山的水能咏颂，水之灵性看曹山；曹山的路若彩虹，路之通达看曹山；曹山的景色迷人眼，曲径通幽看曹山；曹山的花海善袖舞，花之绚丽看曹山；曹山的美馔黏舌尖，食之精粹看曹山；曹山的民风尚仁德，客之如归看曹山；曹山的文脉连古今，文之奥秘看曹山；曹山的赏玩催人奋，玩之惬意看曹山；曹山的仙人佑众生，神之威力看曹山。

故：走遍天下名山，归来还到曹山；览尽大地秀水，空灵还觉曹山；巡游四通八达，慢旅还在曹山；景秀山河互异，浪漫还向曹山；赏足四季花卉，多彩还遇曹山；品尝八方美馔，回味还是曹山；涉猎多样民俗，兼容还数曹山；畅阅各色文化，文妙还见曹山；玩上万般巧艺，尽兴还须曹山；虔诚拜佛求神，成全还有曹山。

辞曰：

曹山秀色映朝霞，民俗风情畅远涯。

阅尽苍茫天下景，高歌一曲誉中华。

（2023年赏桂花时节写于“芳芝林生态园”）

# 溧阳白龙寺

我小时候经常听大人们说家乡白龙寺的故事，早先虽然没有去过离家不远的白龙寺，但故事在头脑中留下了深刻的印象，总感觉白龙寺是个神秘、梦幻的地方。四年级时，南村小学组织了一次大石山春游时才知道，原来大石山顶就是我一直想有机会看个究竟的白龙寺。

时隔半个多世纪，我于近日约请原溧阳市人大常委会副主任、教育局局长范国华等几位好友再次登大石山游白龙寺，经崎岖的山中小道爬上山顶时，其山顶文遗和壮丽的山河景观着实让人叹为观止，再“嵌入”白龙寺的传说，我们似乎一下子进入了“人间仙境”。

到达山顶，映入眼帘的是山顶摩崖上的宋代赵旴夫书写的“龙洞”两个大字和唐代李白书写的“壮观”两个大字的石刻，以及石刻“率真”“同在”“观自在”等明德、贵生的善词和明嘉靖年间彭谦的《登龙山》诗：“古洞谁开一窍深，凄凉遗迹久幽沉。天随鸟尽江如练，社至龙归风满林。新构留云常昼暝，疏棂过雨是秋阴。登临何必重阳去，景物悠然日可寻。”可见大石山是历代文人墨客游览、吟诗、妙墨的绝佳胜景之地。

白龙寺的传说，其实是濑水先祖“感恩”精神的形象表达。传说古时候的一天，姑嫂两人带着木桶和扁担，准备到河边抬水，走到河边时，小姑子拾到一枚个头不小的“白壳蛋”，随即放在怀里，待小姑子回家后发现这只“白壳蛋”不见了。在疑惑还没有消除时，新的疑惑又因小姑子的肚子似乎无缘无故地一天天长大而产生。随着时间的推移，在被误解和家族的排斥中，那位小姑子在大石山顶的“飞来巨石”边的悬崖石洞中生下了一条小白龙。而后，小白龙与母亲在石洞中艰难生活，相依为命。为报答母亲的养育之恩，小白龙经常帮助母亲觅食，并在巨石边凿了个泉水池，以供母亲随时取用。同时，小白龙还主动利用自己的特有本领昂首巨石，为民众唤雨抗旱，以保五谷丰登。后来有一天，小白龙要背母亲回到“天上龙宫”，并告诉母亲“飞天”时不要睁眼，否则会因“恐高”而掉下来。当地老百姓在知道小白龙带母亲上天时，敲锣打鼓地欢送小白龙母子俩，结果母亲在地面喧嚣热闹时睁眼看了一下，随即滑落龙身，跌落在大石山顶，并迅即变成了以往小白龙经常盘踞的“飞来巨石”西侧的另一块巨石，从此两块巨石似乎成了不离不弃的挚友。尽管白龙离去了，但是人们将白龙当作感恩、报恩之神，尊称白龙母亲为白龙娘娘、白龙圣母。并祈愿大石山顶就是白龙母子的蛰居处，并期盼他们母子常居佳地。难怪许久以来，老百姓只要遇旱灾，就会到白龙驻地祈求白龙帮助，保佑天降雨露。尽管这只是民间传说，但它至少反映人们对感恩、报恩的推崇和对善人、善举的敬仰，反映好人有好报的心愿。

小白龙母子的故事感动了历代无数溧阳人和游客，以至于被历代骚人墨客关注和传颂。李白欣然写下的刚劲有力的“壮观”两字，其意味深长。我猜想，李白的“壮观”两字，至少内含他当时两种心境，一是立于大石山朝西尽头山巅，放眼远眺，一览西南众山之小，且重峦叠嶂，云雾缭绕，眼收东北流河之多，且百舸争流，帆忙鱼跃。高山与平原相嵌，河水与湖塘相接。远看绿树成荫，近望花团锦簇。实乃一幅波澜壮阔的立体画卷。二是白龙

“感恩大德”惊天地，令无数“神”“民”为之动容落泪、天地万物为之“叩首”。家乡还有关于浣纱贞女和“金瓜子”的传说、目莲救母送乌饭的故事等等，主题都是抒发感恩情怀，如果李白由“感恩”抒怀、感叹，也是情理之中。家乡感恩故事甚多，流传也深广，难怪家乡人自豪地称颂溧阳是“感恩之乡”。

我对白龙寺的印象倒可以用“奇观”两字来概括。“奇”在白龙的传说不知依托的何种“原型”，或来自何种缘由，传说却似乎越传越神、越传越真；“奇”在两块巨石及其大小石洞的自然“组合”竟然成了远近闻名的白龙蛰居地，且朝拜、祈求者陆续不断；“奇”在巨石边石池中的“幽泉”之水长年不断，似乎有一种“无形的力量”在掌控着。

相传白龙寺始建于西汉，寺庙几经盛衰，20 世纪 60 年代再被拆。白龙寺兴盛时祭拜和求雨、求福人流如潮、香火很旺；每每白龙寺遭遇不测，人们即把白龙蛰居的大石山巨石和崖洞当作白龙寺自然殿宇，并在此祭拜和求雨、求福。21 世纪初，在原地逐步重建了壮观殿宇，重现了昔日辉煌。

中国白龙寺很多，有江苏丹阳白龙寺、江苏海安白龙寺、浙江萧山白龙寺、湖北五华山白龙寺、四川乐山白龙寺、湖北仙桃白龙寺、福建泉州白龙寺、云南昆明白龙寺、陕西西安白龙寺等等，均历史悠久，且都有感恩、乐助等美妙的伦理传说，是我国寺院文化一道亮丽的风景线。家乡白龙寺特别神秘之处在于几块“仙石”和“龙洞”“龙池”等造成了“活龙活现”的美妙传说，“铸就”了中国寺中奇观。故，人生能见识溧阳白龙寺也是一件求福得福、难以忘怀的幸事。

（写于2019年3月中旬，原以文章名《家乡白龙寺》载王小锡散文随笔集:《德与美(第三版)》，上海三联书店2020年版；本文有少许文字修订）

# 天目湖人家赋

绮丽天目湖，玉馔甲天下；甘旨有归处，天目湖人家。饪哲沈沈兮，厨艺鳌居昊餐；勺技焯焯兮，宾朋酬酢绝佳。承中华饮食传统，汇乡味精粹，博采众长兮，独领风骚；秉餐台伦理真谛，烹溧阳味道，色香味形兮，迥乎不同。同卤人线上线下奉客，经典菜春夏秋冬受宠。把酒品人间真假冷暖，天目湖人家兮，不二景台；执箸味人生喜怒哀乐，天目湖人家兮，难得仙洞。煌哉！吉祥膳食享誉四方舌尖。美哉！隽拔营治唱响八面口碑。旺哉！至福至境天，达贤达福地，天目湖人家。

（“天目湖人家酒店”是溧阳名酒店，酒店店主沈建平和潘雪梅(厨娘潘姐)夫妇俩注重酒店管理理念和饮食文化的研究,他们提出了一套独特的诸如“承中华饮食传统,汇乡味精粹”等餐饮经营文化理念,凸显了他们的特色餐饮情怀。本赋是应邀而作)

# 溧里今昔积厚流光之密码

## ——为路发今* 著《溧阳古今》序

发今同志是南京师范大学的著名校友，我敬佩的学兄。尽管我俩是同乡，但起初多年一直没有谋面，我是读他的书才知道家乡有一位爱好写作的“父母官”。不久前，发今同志寄给我一部鸿章钜字《溧阳古今》，并嘱咐我为之作序，尽管我的第一反应是担当欠力，如不胜衣，但对发今同志的久仰之情，像无形之手指挥着我欣然允诺。

我经常感慨，游子在外，时间越长，乡情越深。然而发今同志除大学求学在外，一直在家乡工作，其所言所行特别是他所著书的字里行间，可以透视到他此生似乎是

* 路发今，中共溧阳市委原常委、宣传部部长。

为家乡而生，家乡情结犹如久别游子。难怪了，已过古稀之年的他还在电脑面前敲打着键盘码字，撰写着《溧阳古今》等著作，这不能不说发今同志为了用文字扎实打造或深刻展示文化溧阳和溧阳文化，真乃呕心沥血、苦心经营。

有幸第一时间研读《溧阳古今》书稿，感受颇深。该书叙说历史，犹如上下三千年的溧阳人、事、物和精、气、神的立体画卷，读来心旷神怡、美不胜收。

拜读该书，从中可以领略到古代溧阳历史之厚重、蕴奥与潜力。说厚重，书中写道，溧阳在春秋战国时期的吴国，就是经济社会发达的“濑渚邑”，是南京地区最早的古城，而且是秦始皇创设郡县制的江南古县之一，可谓历史悠久；溧阳历来是重教兴学、注重文化孕育和人才培养之地，历史上出现过两位状元和一百八十多位进士。有李白、孟郊等诗人在溧阳留下诸多脍炙人口的诗篇，以及为了纪念曾在溧阳的蔡邕、李白、孟郊、朱熹等历史文化名人而建造的文昌阁等等，这些都足以说明溧阳深厚的历史文化底蕴。说蕴奥，书中写道，溧阳历史上有“吴头楚尾”的说法，其实这既是特殊的地理位置，更是楚风吴韵的交汇聚集之地，古代溧阳的社会底蕴、精神内涵和生存特质无不与之有关，史贞女义救伍子胥的故事，自古至今，流传甚广。溧阳历史上“团城”的建成以及历次的修缮和完善，是水利工程的一个创举，也是溧阳经济发达、防务智慧和生态治理的写照。说潜力，书中写道，溧阳境内有山有水，大小溪、涧、河、湖、港、荡、渚，星罗棋布，自然资源丰腴；尤其是民风朴实、互帮互助、良心处世，是溧阳人凝心聚力之源泉。诸如“民国”廿三年(1934 年)，溧阳遭遇百年不遇的大旱灾，饥荒导致全县二十多万人(那时溧阳全县人口三十三万)外出逃荒，当时全县上下许多有头有脸的人外出四处乞赈，救济灾民，书写了十分感人的一幕，这何尝不是社会潜力在积聚和孕育?!

拜读该书，从中可以体悟到今日溧阳之璀璨、精彩与活力。说璀璨，书中写道，陈毅、粟裕等同志按照党中央指示，率领新四军挺进苏南敌后，在敌、伪夹击，极为复杂、尖锐、艰苦的斗争中，开展灵活机动的抗日游击战争，建立了以茅山为中心的抗日根据地。次年在溧阳水西村成立了以陈毅、粟裕为正、副指挥的新四军江南指挥部，水西村成了江南新四军挥戈江南、打击日寇的指挥中心，显示了中华民族不屈不挠、抵御外来侵略的意志和决心，也显示了中国共产党人必然夺取全国胜利的坚定信心。

陶国华(陶希晋)、许闻天、王尧山等老一辈革命家们,在革命战争年代,虽历经坎坷、出生入死,但他们坚定共产主义信念,对党和人民赤胆忠心,谱写了可歌可泣的光辉业绩,为中国革命和建设事业做出了积极的贡献。周利人同志作为一位老革命,离休之后,淡泊名利,离开舒适的城市生活,回到溧阳老家自掏腰包买猪苗、养肥猪,俨然成了一个农村猪倌,为引导农民致富不知付出了多少心血和汗水,他那共产党人的无私奉献精神,老百姓有口皆碑,都说这样的共产党干部越多越好!具有光荣革命传统的金山里民兵营的峥嵘岁月,谱写了我国民兵发展史的新篇章,他们的辉煌业绩让人们的思想和心灵都受到震撼和荡涤。说精彩,书中写道,新中国成立初期,溧阳人民热情高涨,兴修水利,高山出平湖,造福万家。撤县设市尽管一波三折,但溧阳建市后,加快了城市化建设步伐,发展成为今天的开放、繁华、辉煌的现代化城市。溧阳 1 号公路以其靓丽的彩虹身影和别致的文化符号登上了中央电视台,跃上了“和谐号”高速列车,并以网红身份游历了全国乃至世界各地,成为闻名遐迩、名扬四海的溧阳特色名片。建造独特、美妙的溧阳博物馆,以其特有的姿态展示其传递历史文化、加强文化教育和开发智能的重要作用。说活力，书中写道，改革开放后的“四千四万”精神和实施的“四大开发”项目，为溧阳的经济社会发展注入了强大的活力，也为溧阳建设更高层次的小康社会打下了坚实的基础，巨变的溧阳县城和被评为“全国文明村”的三胜村，就是典型的范例。在历次抗旱灾、抗洪涝的斗争中，溧阳人民发扬“一不怕苦、二不怕死”的革命精神，总是冲在抗灾最前线，取得了一个又一个的重大胜利，这何尝不是坚不可摧、势不可挡的合力？燕山公园、滨河公园、湾溪公园、樱花公园等市民休闲地的建立，不仅标志着溧阳市民生活环境的不断完善，更是积蓄社会力量的重要条件和平台。

拜读该书，从中可以把脉到古今的溧阳人之信义、厚道与张力。说信义，书中写道，葛氏望族，名臣良吏辈出，他们不畏权贵、为民请命的品质，获得了溧阳百姓的高度好评。作为“全国文明村”的三胜村，由于有党和国家政策的支持，有市委、市政府的正确决策，还有三胜村干部群众共同讲诚信、齐努力，因而在短短的十多年时间内，就使昔日的穷山村变成了今天的幸福村。说厚道，书中写道，非常能吃苦的“香瓜婆婆”，她的处世理念是，世上的东西，生不带来，死不带走，为人在世要做个好人，多做好事，不做坏事。因此，尽管她自己家境并不富裕，但她非常乐意与帮助过或没有帮助过自己的穷村民们共享劳动成果，每年栽种的香瓜总能让村民们惬意地享受。前面提到的老专员周利人，不留恋舒适的城市生活，宁愿到农村吃苦，为了家乡人民能过上好日子做点实事。说张力，书中写道，海大伯伯每到危急关头，比如遇到溺水的小孩，或是被烈火围困的小孩，他总是能毫不迟疑地跳进水中或冲进火海去抢救小孩，这种在危急关头奋不顾身的自我牺牲精神，渗透社会的各个领域，都将是一种取之不尽、用之不竭的力量源泉！

有鉴于此，《溧阳古今》尽管只是撷取了部分历史片断、人物故事、经济社会发展境况等等，但这其实是思想内涵与学术理念深刻、系统体现溧阳和溧阳人精神的思想性和学术性著作。同时，这部著作文笔细腻、文风朴实，理念清新，展示了发今同志非凡的文字功底。书中故事，情节生动，激动人心，不时地使读者潸然泪下，凸显了这部著作的生动性和可读性。

这里我要特别添加笔墨，以飨读者。发今同志是家乡的一位“儒官”，他多年如一日地书写着溧阳的故事，撰写了《平陵笔记》《溧阳往事》《故园旧事》和这本《溧阳古今》等文史书籍，编著了《美丽的天目湖》、《溧阳旅游文化》、《梦乡天目湖》、《天南海北溧阳人》（第一、二册）和《纪念溧阳解放六十周年》专刊等文史资料，为溧阳留下了许多珍贵的历史资料。在这些著作中，有可歌可泣的革命故事，有跌宕起伏的重大历史事件，有战天斗地、重新安排山河的英雄气概，有潇洒浪漫的文化情怀，有淳朴诚信的民俗民风，有风景秀丽的自然风光，将这些内容综合在一起，犹如波澜壮阔的历史画卷、绚丽缤纷的溧阳史诗！作为家乡文化界、文学界翘楚，发今同志笔力雄健、大家风范：铺陈溧阳历史，时事清晰；讴歌革命事迹，大笔如椽；撰写报告文学，生动精彩；叙述民俗民风，情感真挚；描写山水地势，秀丽如画。因此，发今同志的系列著作，是从历史到现实认识溧阳、懂得溧阳的珍贵文献，是一部值得留存于世的地方史料！

是为序。

# 多彩学术

# 伦理学人

我国当代伦理学学科建设从20世纪80年代开始，学科从无到有，从小学科到屹立于哲学社会科学学术殿堂的具极强生命力的学科，经历了大约三代学人的努力，也展示了三代学人的学术力量和学术风格。换句话说，时代造就了新兴的伦理学学科的同时，也造就了一批真正有造诣的伦理学学人。

老一代学人开创伦理学学科建设事业，无论怎么评说，他们对新中国伦理学事业的奠基和发展功不可没，有了他们的努力，才有马克思主义伦理学原理的系统构建，才有中外伦理思想史的创建和研究的逐步深入，才有马克思主义伦理思想发展的中国话语，才有应用伦理学的研究和推广，等等。第一本伦理学原理著作、马克思主义伦理思想史著作、中国伦理思想史著作、西方伦理思想史著作等等均出自他们之手。同时,是他们创建了首批伦理学博士点、硕士点、本科专业等伦理学人才培养平台,他们的学术辉煌将流芳后世。获得中国伦理学会颁发的“终身成就奖”的12位老一代学人的学术成就及其影响是最好的佐证和标志。老一代学人在伦理学学科建设事业上的贡献,给中国伦理学学科的发展画上了浓墨重彩的一笔,他们的努力和业绩将永载史册。因此,在老一代学人支撑和推动伦理学发展事业的时代,即使在学术理念乃至学科建设上有什么欠缺,其标签上一般会有“初创”或“时代印记”等字,不必苛求。

中年一代学人在传承和发展老一辈学术理念和发展伦理学事业上取得了空前的成就,众多有真才实学的诸如长江学者、学术名家、教授、研究员、博士生导师、博士后学术联系导师等学人,他们理论功底扎实,学术底蕴深厚,学问以严谨著称。他们的学术成就不仅使得边缘化的伦理学学科开始凸显于我国哲学社会科学殿堂,而且在国际上产生了较大的影响。尤其是在国际学术交流中,他们承继老一代的相关开创性工作,通过访学、会议、学术交流、中外文译著与学术合作等形式,走出去、请进来，做了诸多让中国伦理学走向世界、影响世界的工作。同时，在伦理学分支学科的创建过程中，他们大多精心耕耘于“学术田园”，成为应用伦理学、管理伦理学、生命伦理学、生态伦理学、教育伦理学、经济伦理学、乡村伦理学、政治伦理学、行政伦理学、法律伦理学、民族伦理学、军事伦理学、科技伦理学、生命伦理学、体育伦理学、环境伦理学、艺术伦理学等相关分支学科的创建者，为伦理学学科事业的发展作出了非凡的贡献。作为学术清流，他们反对没有科学历史观的、自欺欺人的所谓学术、一地鸡毛的空洞理论、自恋式的学术自信、做作卖弄的学术话语等。因此，我有理由相信伦理学界的中年一代以前不会、今后也应该不会出现类似历史上出现过的人文社会科学领域的伪学者甚至伪名流，也应该不会在我国伦理思想发展史上留下让后人诟病的学术垃圾。

年轻一代学人的学术基础扎实，实力雄厚，且学术方向明确，学术目标远大，有些人已经初露锋芒，且日趋成熟。从真正的年轻学者身上，我们可以看到，他们是未来中国伦理学的希望之所在，相信他们会在承继老一代和中年一代的学术理念和学术风格的基础上，形成我国伦理学界新的特有的学术精神和学术态势。诸如先后两届伦理学十大杰出青年学者和诸多崭露头角的年轻学人及其所进行的马克思主义伦理思想研究、道德哲学研究、应用伦理学研究、新时代道德建设研究、美德伦理学研究、德性伦理研究、中外伦理思想比较研究等等,大多展示出了强劲发展的态势。尤其是大多年轻学者深知,利用些人脉关系、要些小把戏做不了大学问,形成不了学术大影响。同时,他们也从前辈和自己的经历中深深体会到,假如没有明确的学术主攻方向,没有将论文写在大地上的学术精神,没有建设好最高、最新、最厚实的学术信息库,没有吃得苦中苦的精神和坐冷板凳的艰苦经历,想产生有价值的、能流芳的学术成就,那是在做白日梦,即使偶尔争得一些哪怕是耀眼的光环,那是自欺欺人的、虚假的、过眼云烟的东西。故年轻一代学者是好样的。

以上三代人的学术成就,在我主持编撰的《中国伦理学 70 年》书中可见一斑。要强调的是,伦理学界学科栋梁之才有之,学富五车者有之,真做学问者有之,谦恭诚实者有之,故伦理学界是一块与时代同步的净地。但是在当前浮躁、功利、自负等等不断渗透人文社会科学殿堂之时,伦理学界需要不断加强学科自信,才可能在复杂的社会发展洪流中避免产生在相关人文学科已经存在的道貌岸然、不学无术、玩弄权术、装腔作势、拾人牙慧的与我们学科的“伦理学”三字和“道德”两字不太吻合的灰色地带。

纵观三代真正的伦理学学人们的学术经历、学术理念和学术影响，可以看出，学术是坐冷板凳的产物，学术成果和水平需要历史检验，思想史只存留有思想的思想家和有创新意义的学术成就。事实上，学问是真是假、是孬是好，30 年、40 年、50 年乃至更长时间就可以得到充分验证。当然，现时的学术成果奖、学术荣誉、学术地位以及什么什么名家、什么什么大腕、什么什么学者等都是重要学术成就的标志。不过，学界应该清醒，由于学术评价的复杂性，有的奖项和荣誉只是一种外在的光环，不一定是真学问代表，更不一定是真学问本身。事实上，有的也有可能是其实难副的标志。那样的话，没有真学问，一些现时的所谓光环最终都会是浮云。真学问才能在思想史上留下印记乃至流芳百世。相信我国伦理学人在做好真学问的基础上，一定会云集于我国乃至世界哲学社会科学的学术殿堂。

（写于 2020 年 12 月上旬参加中国伦理学会在无锡召开的“纪念中国伦理学会成立 40 周年暨 2020 中国伦理学大会”期间）

# 我的“特色学术”摇篮

《江苏社会科学》创刊30周年之际，我心情激荡，十分喜悦地要表达我对《江苏社会科学》三十华诞的祝贺之情。

《江苏社会科学》是我看着她“长大”的，我的学术生涯也是伴随着她不断发展而逐步推进的。记得《江苏社会科学》的前身是《江苏社科通讯》，因此，可以说，我的学术人生与《江苏社会科学》同龄。

我经常说，学术杂志是培育学者的不可或缺的重要平台，学者们一般都是从学术杂志中走出来的。在与《江苏社会科学》的学术关联中，我深刻地体会到，《江苏社会科学》是我的“特色学术”摇篮，是《江苏社会科学》助我“特色学术”问世才有我后来的走向国际学术平台。

记得在2000年，我的第一篇研究道德资本问题的文章即《论道德资本》成稿后，我没有急于发表，因为在行文过程中，我在进行学术思想考察时发现，当时的经济学教材和经济学类杂志，鲜见研究和阐释"资本"范畴的，有学界友人告诉我，"资本"范畴比较敏感，社会主义经济学理论用不用"资本"范畴尚需进一步探讨。为此，针对我的跨学科研究提出的道德资本的观点，我请教了南京师范大学的相关经济学教授，得到他们的明确的认同和支持，这大大增强了我的学术底气。不过，尽管我的文章对"道德资本"进行了阐释，其内涵和理路与马克思的政治经济学中作为反映或批判资本主义社会制度和经济关系的分析工具的"资本"不是一回事，但是我心中还是有疑虑，在忐忑不安中把文章稿子投向了《江苏社会科学》。然而，《江苏社会科学》理解了文章的学术价值和实践意义，本着推新作、推原创的精神，毅然发表了我的《论道德资本》文章。不仅如此，《江苏社会科学》还连续发表了我的从二论道德资本到五论道德资本的文章。从那以后，我的学术观点引起了学界较为广泛的关注，在关注和跟踪我的学术观点的过程中，有发文赞赏的，也有发文提出商榷的，更有人认为是让人笑掉牙的谬论。同时，我的关于道德资本的后续研究文章在《道德与文明》《伦理学研究》《哲学动态》等杂志不断亮相，尤其我对相关争议观点的学术回应，获得了学界尤其是不同学科学者的高关注率。为此，这一深入理论争辩的学术现象被一些学者称之为给学界带来了理性争辩与学术交流的一股清风。

《江苏社会科学》的识慧、挺智，在扩大了我的学术影响的同时，增强了我不断深入探究道德资本理论的信心，以至于我先后发表了九论道德资本及其他相关经济伦理专题的系列理论文章，并在此基础上编辑了《道德资本与经济伦理（自选集）》（人民出版社 2009 年版）。进而又以道德资本研究的系列文章为基础，按理论依据、基本原理、思想史资源、实践应用等几部分编辑成《道德资本研究》（译林出版社 2014 年版）一书。而后，在前期研究成果的基础上，我编撰了《道德资本论》（译林出版社 2016 年版）一书，建构了道德资本理论体系。其中《道德资本研究》一书被翻译成英文版（德国 Springer 2015 年版，获得第十四届输出版优秀图书奖，同时获得版权输出奖励计划）、日文版（日本千仓书房 2016 年版）、塞尔维亚文版（塞尔维亚 Albatros Plus 2016 年版，获得第十六届输出版优秀图书奖）在海外出版发行。《道德资本论》一书中文版出版后，中山大学资深教授、博士生导师章海山先生曾以“凡有经济必有道德”为题，在《光明日报》(2017 年 4 月 11 日)发表书评。《道德资本论》的英文版已于 2018 年由德国 Springer 出版社出版并在海外发行，该书的德文版、泰文版近期又相继在海外出版，俄文版正在翻译出版进程中。

我的道德资本研究的著作翻译成数种外文在国外出版发行后，受到国际学者和出版界的关注，“塞尔维亚出版社总编在看到《道德资本研究》英文 PDF 稿时，大为欣喜，赞誉这是一部具有国际水准的学术力作，立即购买了该书的版权”(王玉强文，《中华读书报》2017 年 8 月 23 日版)。日本学者阅读日文版《道德资本研究》后，专门邀请我去日本讲学。印度和塞尔维亚等一些外国学者通过邮件与我展开了学术交流。其间，我不仅主持召开了“道德资本与企业经营”的国际学术研讨会，还在英国、中国上海召开的一些国际学术会议上阐述我的道德资本观。

在今天，道德资本理论的研究已经成为我个人的学术名片，以至于许多同仁戏称我为“道德资本家”，我乐于接受这一雅称。在此，我要乘这次发文的机会，衷心感谢《江苏社会科学》最初对我的道德资本观的认同和支持。

可以说，是《江苏社会科学》连发五论道德资本，使我自信地不断研究并接连发表我的研究道德资本问题的文章，且最终在国际学术平台上发声。

由此，我联想到，《江苏社会科学》多年来在学界有很重要的学术影响，各学科学者都把《江苏社会科学》作为自己发表学术观点的重要平台，其原因是她有坚定的马克思主义信仰、卓尔不凡的学术理念、有胆有识的创新精神、立足致用的服务经济社会发展的宗旨，以及推新人、推新作、推原创的主张。

在《江苏社会科学》创刊 30 周年之际，我衷心祝愿《江苏社会科学》越办越好，永远是学者们向往的重要学术领地，永远是年轻学者实现梦想的学术摇篮。

（写于 2020 年 12 月 2 日）

# 学术活力永驻的《道德与文明》

正逢《道德与文明》创刊 40 周年之际，我心潮澎湃，久久不能平静。因为，我学、治伦理学与《道德与文明》同龄，亲身体验和切身感悟之多不知从何说起。当然，我最想说的也是我一直见证的是《道德与文明》的学术活力一直在不断增强。

记得我于 1982 年 9 月到中国人民大学报到，进入中国人民大学受国家教委委托并由哲学系承办的全国高校伦理学教师进修班学习，也就是在 1982 年，《道德与文明》的前身《伦理学与精神文明》创刊。当时我们可以说是欢欣鼓舞，因为这让其时还年轻的我们有了专门了解和跟踪伦理学学术的平台，并由此看到了美好的学术希望。还清楚记得在《伦理学与精神文明》创刊后，罗国杰老师有一次在宿舍与我交谈时说，有了我们自己专业的杂志，可以好好研究一些理论和现实问题，写出一些好文章向杂志投稿，还强调说“一定要有自己的见解”。罗老师的话对我们年轻人是要求也是期望。说实话，对于刚刚接触伦理学的我来说，伦理学学术才刚刚启蒙，写文章在杂志发表还处在遥望状态。不过，新创刊的《伦理学与精神文明》已经开始促进着前辈学者专注于伦理学理论和实践研究乃至伦理学学科建设，并同时培育和促进着一批又一批年轻学者学术能力的提升，以至于不断增强《伦理学与精神文明》的发展势头，也因此使改刊名后的《道德与文明》的影响力越来越大，很快跻身于高端的哲学乃至社会科学学术殿堂。可以说，《道德与文明》的创刊是改革开放后我国伦理学学科建设中如同中国伦理学会成立、1960 年 3 月中国人民大学恢复组建的伦理学教研室等一样涅槃重生的重要标志。《道德与文明》创刊以来的成就也足以说明，她是我国历代伦理学人雅望的学术平台和精神家园。

《道德与文明》40 年的发展历程，可谓是筚路蓝缕、负重前行，在艰难拼搏中不断取得辉煌。纵观历年来的《道德与文明》栏目和发表的学术文章，以下主要方面是不争的事实。一是以办刊宗旨和学术声誉，吸引着全国哲学伦理学学者为之争一席学术发声之地，同时也吸引着国内外哲学社会科学工作者的翘首关注；二是时刻关注需要解释和解决现实尤其是社会主义道德建设的重大理论和实际问题，为党和政府的道德建设乃至精神文明建设的决策提供了诸多理论依据；三是支持和发表伦理学、应用伦理学以及道德建设的创新理论，客观上为我国伦理学理论体系的完善和社会主义道德建设战略思路的形成提供了诸多研究成果；四是坚持"古为今用、洋为中用"的原则，在传承优秀传统道德文化和吸收合理西方伦理理念上做出了扎实的努力；五是坚持以马克思主义为指导思想，允许和支持学术争鸣，为学术发展搭建了理性交流的学术平台，展示了一股学术清流；六是最难能可贵的，即《道德与文明》始终以高瞻远瞩的战略眼光，设"青年论坛""博士论文选"等专栏发表年轻学者的文章，为伦理学后继有人提供了重要的培育平台。

"科学、理性、与时俱进"的办刊理念和坚持把社会效益放在首位的办刊原则，促使《道德与文明》的发展势头十分强劲。据 2020 年 3 月 2 日中国知网显示，《道德与文明》发表的文章总被下载 1 740 370 次、总被引 33 488

次。同时，在 2021 年“哲学学科期刊”全文转载排名中，《道德与文明》转载量位列第 10 名，转载率位列第 8 名，综合指数位列第 9 名。这是何等了不起的成就！可喜可贺！

其实，《道德与文明》有今天可圈可点的成就和学术活力是不奇怪的，也是必然的。这其中固然有时代的机遇，有学界同仁们的倾注，还有政策的支持，等等。但有目共睹的是，《道德与文明》有今天的辉煌，是与《道德与文明》杂志社全体同仁的敬业和奋斗精神分不开的。我亲身经历的二三事也可见一斑。

让我一生难忘的是，1983 年在中国人民大学伦理学教师进修班毕业回来后的一段时间里，我一直努力撰写学术论文，当第一篇论文投到《伦理学与精神文明》杂志社后，不久被退稿了，当时的主编温克勤老师很认真地指出了我文章存在的相关问题，并鼓励我继续好好研究，撰写出高质量的论文。文章虽然没有被发表，但我接受了一次难得的学术指导，受益匪浅，心存感激。在后来的学术生涯中我深刻体会到学术杂志是培养学术人才的重要平台，而且它不只是通过发表文章来提携、培养年轻学者，就连退稿也是培养年轻学者的重要途径。也正因为这一观点，多年来我在对诸多杂志邀我初评稿件的审阅意见中提出退稿或修改重审时，总希望杂志把我的否决意见或修改意见原原本本告知作者。

让我记忆犹新的是在2006年的春夏之交，我正在北京康铭大厦参加《思想道德修养与法律基础》教材编写会议，其间接到《道德与文明》主编杨义芹老师的电话，她说知道我在北京开会，要专程到北京与我交谈杂志发展与相关学术问题，我当时就说待我会议结束路过天津时拜访，但杨老师执意专程到北京。接到电话的第二天，在杨老师一行2人到达北京后，我们即交谈了2小时左右，主题是提高《道德与文明》杂志学术质量的理念和途径、伦理学界乃至哲学社会科学界目前的学术态势和学术前景，等等。他们的到访，说是在向我讨教，其实我实实在在接受了一次学术指导。交流结束，我深有感触，有这种不耻下问的理性精神，有这种脚踏实地、认真严谨的办刊姿态，《道德与文明》一定会以高、大、上的形象屹立在哲学社会科学的学术殿堂。今天的事实也充分证明了我当初的感觉。

目睹《道德与文明》走过的历程和取得的辉煌成就，我作为办刊的局外人也深深地感到办杂志其实就是在

“做”杂志，办刊物尤其是办理论刊物是一项系统工程，其中发现和支持创新学术尤其是原创性理论，既要有敏锐的眼光，又要有接纳新思想的胸怀和勇气。记得在世纪之交，我的道德资本观系列研究成果发表以后，引起了学界关注和争论，在这种情况下，《道德与文明》在2006年第5期开篇发表了我的《六论道德资本——兼评西松著〈领导者的道德资本〉》一文，而后又连续发表了我的关于道德资本观的多篇文章，这大大增强了我继续深入研究道德资本理论和实践的信心。时间到了2019年，我为了进一步回应学界对我的道德资本观的相关质疑，我撰写了《论道德与资本的逻辑关系》一文，文章开创性地深入阐释了道德与资本相辅相成的关系，认为资本的本性与道德力量不仅可以不相抵触，而且互为支撑，资本的科学运动需要道德；道德目的与资本目的在经济活动中可以相向而行，并在不同路径上提升人的素质；道德价值与资本理性目标一致，且有着不可分割的逻辑关联，因此道德价值和资本理性在资本运动中可以实现统一。我认为这是全新的理论，在一定意义上颠覆了一些人的相关理论认知，还是《道德与文明》毅然以重点文章发表。现实也说明，我国社会主义市场经济发展到今天，不断完善资本理论是应有的学术理念和目标。习近平总书记在中共中央政治局第三十八次集体学习时明确指出:“在社会主义制度下如何规范和引导资本健康发展,这是新时代马克思主义政治经济学必须研究解决的重大理论和实践问题。”习近平总书记同时还指出:“要深入总结新中国成立以来特别是改革开放以来对待和处理资本的正反两方面经验,深化社会主义市场经济条件下资本理论研究,用科学理论指导实践,促进各类资本良性发展、共同发展,发挥其发展生产力、创造社会财富、增进人民福祉的作用。”由此,尽管我这篇文章的观点还可以进一步深入探究、完善,但社会主义资本理论需要深入研究是时代的需要,这一研究方向无疑是需要重点把握的。同样,2021 年我撰写了《新时代中国之治的伦理意蕴》一文,在成文过程中,我先后在相关学术活动中发表了自己的学术观点,认为充分发挥新时代“中国之治”的伦理功能,是推进国家治理体系和治理能力的现代化、实现中华民族伟大复兴的中国梦的必由之路。有人就认为,这是自说自话的学科话语,国家治理体系和治理能力的现代化,最需要研究和解决的是法律和制度问题,伦理的作用没有那么直接,故伦理研究没有那么迫切。然而,我在中国伦理学会 2020

年于无锡召开的“纪念中国伦理学会成立40周年暨2020年中国伦理学大会”的主题发言中概要发表了我的系统观点。认为,新时代中国之治是国家治理体系和治理能力现代化的重要体现,本质上是中国共产党之治,是适合中国国情的科学治理,同时也是一种伦理层面的应有之治。这种伦理中的应有治理,依据的是社会主义制度,依靠的是人民的拥护和支持,依托的是德、法并举方略,依存的是人与自然和谐共生的生态环境,依傍的是人类命运共同体的合作与发展。这充分展示了新时代中国之治的内在特质和本质特征。发言结束,《道德与文明》主编杨义芹老师在第一时间约我的这篇稿子,此时我深感欣慰,杨老师以她的学术慧眼认同我的观点,支持我为说明和推进国家治理体系和治理能力的现代化从伦理角度发声。文章在《道德与文明》发表后引起了一定的反响,《中国社会科学文摘》2021年第6期转载了这篇文章,而且“中国人文社会科学综合评价研究院”2021年6月21日推送的公众号“最热论文”中提到,1月至3月“来自哲学期刊”的“阅读量最高的热文为王小锡的《新时代中国之治的伦理意蕴》”。在此,我不得不佩服杨老师的深刻学术眼光和认真精神。换句话说,杨老师在会议认真听我的学术报告并做深刻的学术评判，才有后来的即时约稿、及时发表、全文转载和阅读量最高热文。

《道德与文明》的40年，就学术发展的长河来说，应该如人生刚刚开始，尚处在憧憬未来的青春年少时期。但是，《道德与文明》的未来已来，今天的《道德与文明》正处在如日中天的辉煌境地。祝愿作为伦理学人家园的《道德与文明》越办越好，学术活力越来越强劲，为道德立论，为文明建言，为实现中华民族伟大复兴的中国梦做出非凡的贡献。

（写于2022年8月）

# 新时代志愿服务伦理

## ——为彭柏林*著《新时代中国特色社会主义志愿服务伦理》序

柏林教授嘱咐我为他的《新时代中国特色社会主义志愿服务伦理》一书作评析，我欣然允诺，这不只在于柏林教授对我的信任，更在于我一直敬佩柏林教授的学术境界和学术功力，他的这部国家社科基金项目的最终研究成果肯定又是一部力作，故我很乐意为柏林教授的学术作品落下笔墨。果不其然，我研读这部书的电子稿后，深感这部著作是研究新时代中国特色社会主义志愿服务伦理的开山之作，其理论创新力度、学术价值和实践意义

---

* 彭柏林，哲学博士，教授，湖南理工学院期刊社社长，《云梦学刊》主编，世界汉学、文学中国研究会副会长，湖南省伦理学会副会长。

非凡，堪称一部不可多得的巨制鸿篇。

一部著作的灵魂和价值在于创新。纵观全书，始终展示创新意味。一是创造性地阐释了志愿服务的伦理本质、伦理特性和伦理结构。认为志愿服务是志愿者基于对志愿服务伦理价值的深刻认识与领悟，本着不求回报的无私奉献精神，自觉自愿地为社会公益事业或者他人特别是弱势群体提供无偿服务或帮助的伦理行为。同时指出，它是一种出于自觉自愿、以实现社会公益为基本价值取向、以无偿性利他主义为核心价值观、与慈善既相区别又相联系并有别于传统帮扶的伦理行为，具有出于意志自由、道义论色彩和充满人道主义情怀等伦理特性。还指出，志愿服务作为一种社会伦理行为，是一个由志愿服务伦理主体和志愿服务伦理客体、志愿服务伦理精神和志愿服务伦理行为等构成的有机整体或结构性组合体，蕴含着多方面的伦理关系，其中最为基本的是志愿者个体主体与志愿者组织主体的伦理关系、志愿服务客体与志愿者组织主体的伦理关系以及志愿者个体主体与志愿服务客体的伦理关系。这从由内到外、由主体到客体、由理念到行动形成了对志愿服务伦理的立体架构性的阐释。二是以独特的开创性理路挖掘中国传统文化中所蕴含的志愿服务伦理思想及其精华，并将其作为构建新时代中国特色社会主义志愿服务伦理不可或缺的环节和方面，同时将其作为构建新时代中国特色社会主义志愿服务伦理学术体系和话语体系所应有的视角。故书中以儒家文化、墨家文化、道家文化和佛家文化为重点，系统性地叙述了中国传统文化中的志愿服务伦理思想，并对其当代价值进行了深刻的探讨和叙述。三是以客观科学的视角揭示了志愿服务具有共享伦理特质。特别指出，志愿服务虽是世界各国均有的普遍现象，但在不同的社会制度下，其伦理本质又有所不同，甚至是根本对立的。现代意义上的志愿服务虽发端于西方，但在西方资本主义制度下，志愿服务基本上丧失了其纯伦理的本质和纯真的意义，被异化为服务于资产阶级利益的工具，成为披着慈善外衣的“伪公益活动”。而中国特色社会主义志愿服务是中国特色社会主义事业的重要组成部分，是以人民为中心开展的社会公益活动，具有人民性的特点，贯彻着公平正义、共享发展的理念，具有丰富的共享伦理意蕴。同时强调，在新的时代背景下，中国特色社会主义志愿服务彰显了促进经济发展、劳动幸福、公民道德建设、社会和谐稳定、人类命运共同体构建等等的伦理价值。四是富有新意地构建了新时代中国特色社会主义志愿服务的公益至上、无私奉献、仁爱为怀、诚信无妄、知恩图报等伦理原则与规范。五是有针对性地、深刻地探究并全面阐释了志愿服务伦理的评价体系，为开发志愿者资源、正确认识和评价志愿服务活动、推动志愿服务长效发展提供了行动依据。

一部著作的魅力在于学术特色。纵观全书，学术特色展示了难得的引读磁力。一是强烈的时代感。本书以习近平新时代中国特色社会主义思想，特别是习近平关于志愿服务的系列重要指示精神为指导，立足于新时代中国特色社会主义志愿服务的实际和发展趋势，针对新时代中国特色社会主义志愿服务发展中存在的问题和面临的挑战，就新时代中国特色社会主义志愿服务伦理的诸多问题进行比较深入的研究和分析。同时，全书结合新时代的社会背景及其要求，为志愿服务伦理建设乃至志愿服务的完美发展提供了符合时代要求的基本理念和决策依据。二是鲜明的原创性。前面已经谈到本书的灵魂和价值在于创新，并重点概括了书中的创新思想。其实，原创是本书了不起的学术举动。例如，鉴于前面所述的对志愿服务的伦理本质、伦理特性和伦理结构的叙述是至今学界最早、最清新完整的表述。又如,本书挖掘中华传统文化中的志愿服务伦理精神是“开天辟地”的学术创造,认为儒家“仁者爱人”是志愿服务伦理理念、“天下大同”是志愿服务伦理追求,指出墨家文化中的志愿服务伦理思想主要体现在“兼相爱”的志愿服务伦理理念、“交相利”的志愿服务伦理实践路径和“志功统一”的志愿服务伦理评价观,等等。这无不贴上原创的标签。三是独特的中国话语和中国风格。志愿服务是人类文明发展到一定阶段的产物,志愿服务的研究是国际性学术主题。现代志愿服务发端于西方,经过近百年的发展,以西方发达国家为主的志愿服务事业遍及世界各地。因此,国外尤其是西方发达国家对于志愿服务的研究不仅时间早,而且研究的领域广泛而深入。然而,本书以国际视野、中国话语和风格回答了志愿服务在新时代中国特色社会主义建设中具有哪些伦理价值、应有什么样的伦理追求、面临着怎样的伦理挑战等等问题。形成了具有国际风范并让人耳目一新的“中国派”学术。四是切实的“顶天立地”学术宗旨。本书以坚持理论创新为基础构建新时代中国特色社会主义志愿服务伦理的理论体系的同时,深入研究了新时代志愿服务面临的伦理挑战,并面对现实提出了相应的应对措施。书中重点凝练了新时代中国特色社会主义志愿服务的伦理原则与规范，同时还就新时代如何构建中国特色社会主义志愿服务伦理评价体系做了初步的探讨，这其实是为中国特色社会主义志愿服务伦理行动设计了可操作的方案。

一部著作的生命力在于功用。纵观全书，学术致用成了流芳之基。一是书中运用哲学、政治学、社会学、心理学、伦理学等多学科综合研究方法，创造性地提出了系列新观点，并在此基础上建构了志愿服务伦理体系，这为学术研究提供了参照范例。同时，本书的理论观点拓展或加深了志愿服务伦理的广度、深度和空间，为伦理学、社会学等理论体系乃至学科体系的发展和完善提供了特有的学术理路和崭新的学术观点。二是探究并架构了志愿服务的伦理原则与规范，为志愿服务设置了行动依据和规则，这其实是志愿服务的前提。第一，公益至上。指出它既是适应实现和维护我国社会公共利益的需要而产生的，也是始终围绕我国社会公共利益的实现和维护问题开展活动的，并且是在实现和维护我国社会公共利益的过程中得以发展壮大的。第二，无私奉献。指出无私奉献是志愿服务一以贯之的精神追求，也是每一个志愿服务的具体行动准则。第三,仁爱为怀。指出只有出于仁爱之心的志愿服务才是有道德价值的,只有出于仁爱之心的志愿服务才能获得可持续发展。第四,诚信无妄。指出对志愿服务要有一种如“饥之求食,渴之求饮”那样的真情,要“真心实作”“实用其力”和全身心地投入,尽到自己最大的努力,发挥最大的热情。即使对于那些超出自己服务范围的事情,也应本着诚信、负责任的态度去帮助那些需要帮助的人,而不是编造理由推辞他们的请求。第五,知恩图报。指出志愿服务对象在接受志愿服务走出困境后,应出于对社会的感激之情积极回报社会,甚至尽自己所能积极参与到志愿服务中去。以上这五点志愿服务的伦理原则与规范,可谓是既深刻又现实、既抽象又具体,实乃当今我国志愿服务规范化、实效化的伦理原则与规范的最佳建构。三是探究并设置了志愿服务的评价体系,这其实也是志愿服务的最终目标。本书从横向和纵向两个层面研究并阐释了志愿服务的评价体系。书中认为,从横向层面看,志愿服务伦理评价体系是一个由动态体系和静态体系构成的有机整体,动态体系包括政府、组织、企业和社会机构的合理运行,静态体系指成文的行之有效的体系规定,二者互为表里、互相补充;从纵向层面来看，志愿服务伦理评价体系作为一个相对独立而又与志愿服务组织相互促进、相互补充的系统，是一个由评价主体、评价客体、评价目的、评价原则及评价结果等要素构成的有机结构，并认为评价主体和评价客体作为动态要素，在评价体系中发挥主导作用，评价目的、原则和结果，作为静态要素，在评价体系中起支撑和保障的作用。这其实是为志愿服务提出了明确的行动境界和具体的行动方案，客观上为新时代志愿服务伦理行动创制了科学意义上的模型。

新时代中国特色社会主义志愿服务伦理所涉及的内容十分丰富，当然，新时代中国特色社会主义志愿服务伦理也是一个非常复杂的问题，因此，希冀本书作者在今后的研究中进一步拓展思路，在更广、更高、更深的学术平台上讲好中国故事、凸显国际视野、展示中国话语和中国风格。

我相信，《新时代中国特色社会主义志愿服务伦理》一书在手，开卷是精神享受，合卷会思绪万千。《新时代中国特色社会主义志愿服务伦理》一定会受到读者的欢迎。

# 道德箴言（感悟人生）

我长期从事伦理学（道德哲学）教学与研究工作，以下是我在课堂教学讲稿、讲座讲稿、学习笔记和发表的学术研究成果中撷取的人立身处世之道德箴言，与读者共勉。

厚道得人缘，真诚聚人气。

求名趋利，境界高尚尽到努力不后悔，心平气和顺其自然不伤神。

善德，立身之基，处世之本，为事之典。

多一个善良朋友，多一份人生财富。

聪明之人即为读书越多越觉浅薄的人、知识越多越是谦虚的人、能力越强越会低调的人。

人生低调就像叩首爬山有利向上，人生高调犹如昂首下山极易滑落。

以诚待人之人生一定会是顺畅的人生、快乐的人生。

尊重能化解一切猜疑，真诚能获得无限信任。

人心换人心，换来的是理解、尊重与公平。

换位思考才能真正理解人、体谅人，也才能实现自身的情绪稳定、心理平衡。

换位思考才能处好事，将心比心才能处好人。

好心态即善于承认、勇于承担、敢于承重。

学习、研究、工作，日有所进，必成大器。

不学习意味着落后，不研究意味着肤浅。

主动的人生理应三十而不惑。

人生至高境界即努力“使人的世界即各种关系回归于人自身”(马克思语)。

人之为人在德，德之为德在人。

“慎独”者至善也。

人与责任同在，不担责任，人将不人。

奉献社会意味着自身也在提升和完善。

自尊、自信、自强；理解、信任、互助，乃立身处世法宝。

尊重是相互的，不管地位多高、权力多大，要想得到人的尊重，你必须尊重哪怕是没有权力、地位低下的人，否则，人们对你的尊重是有水分甚或是虚假的。

热衷于无谓争斗的人，肯定当不了该当的好官、赚不了该赚的大钱、做不了该做的真学问。

热衷于经营人际小圈子的人，其眼界始终只是自己及其利益，对小圈子里的人来说，小圈子往往只是利用的工具而已。故狭隘的格局决定了小圈子里的人最终一定是不被人待见的孤独者。

竞争，重在自我奋进、取长补短。

人生的"对手"和"异己力量"的存在也是财富，它可以帮助人警觉自己的一言一行，及时纠正自己言行的偏差。

健康平安、行善积德、勤奋成就、民富国强乃幸福之根。

人在宇宙面前非常非常渺小，但人又很伟大，因为人深知自己的渺小和宇宙之宏大；人生在宇宙的长河中十分短暂，但人生又会永恒，因为人创造的精神和物质财富将促进自然和社会的生态性发展且永垂青史。

道德与资本并非风马牛不相及，其实，道德也是资本。

道德力乃天下第一力。

道德也是生产力。

合作提高生产效率,合作也是生产力。

忽视甚至脱离道德之任何力将是不可能实现最强、最大、最好之力。

道德是社会各种力量的不可缺少的要素,离开了道德,任何一种力量将会存在缺陷,甚或出现“短板效应”。

道德的作用力体现在人的完善与人际关系的和谐,有利于促进社会生产和生活等实现理性样态(生态性存在)和快速发展。

道德乃安身立命之本。

道德乃人之健康之魂。

真正学者的责任是将复杂的问题简单化、抽象的理论浅显化、科学的思想践行化。

读书使人高雅,探究使人聪颖。

心善使人高贵,行善使人完美。

读书,读知内容是学之基,读懂方法是学之本,读出新思是学之范。

读懂书本，读懂社会，才能真正读懂自己。

读书、修炼以养德；敬仁、行善以积德。

忽视精神生活的人生即是“猪仔式”人生，而人的完美的精神生活，需从阅读书本、阅读社会、阅读自身开始，并不断将阅读引向纵深，同时不断将眼界扩大至民族、国家和世界。

德不配位之代价：耗力、耗誉、耗精神；伤神、伤心、伤身体。

学问不是故弄玄虚，而是脚踏实地的思索与创新。

读书也是思想交流，只不过是与把思想已经和盘托出的作者交流，故思想火花往往从读书中来。

真正的学术成就和学术水平是要经历漫长的文化沉淀和社会历史检验才能凸显出来。

思想史是由真正的思想者及其创新思维和创新理念铺就的。

人生遇到问题或挫折，不要悲伤，不要愤怒，不要气馁，更不要放弃生的希望，时间会冲淡一切，坚持一下，生活总会归于平和，说不定，柳暗花明，更加美好前景在招手。

人生没有计划，犹如登楼没有阶梯；人生没有目标，犹如十字路口迷路。

人生需要有计划、有目标,有计划地朝着目标前行,日有所进,必有成就。

在人际利益交往中,礼貌是介绍信,友善是桥梁,诚信是纽带,双赢是动力。

消除人际隔阂的最好办法是尽最大努力与之交上朋友、听取意见、改进不足。

习惯于算计人的人,最终必然会跌入众叛亲离、不能自拔的“算计陷阱”。

精明过度且什么名利都想要,又不想让别人同样拥有的“小人”,最终逃脱不了众人唾弃、后人咒骂的下场。

百年之后的人留下的都只是符号,符号的颜色在于你身后的口碑。

格局大小决定人的眼界,影响人的人脉关系、社会资源和生命力。

人如离开一定的平台,他将可能没有生存和发展的依托,他很可能什么也不是,并可能终将一事无成。

是龙还是虫,是花还是刺,是人还是鬼,是真还是假,是美还是丑,口碑是最好的验证,历史是最好的判官。

世上最无知的是不知无知，最无能的是不知无能，最无耻的是不知无耻。

他人和社会是认识自己的镜子。

智者深知谦虚谨慎之奥，高傲自大与弱智无异。

阳光个性坦然自在，阴暗人格诡异自郁。

人生各有亮点和精彩之点，因此，不希望别人过得比自己好的人，其实是永远在没有比别人过得好的心态中生存，这无异于精神自虐。

当面是人，背后做鬼；台上握手，台下踢脚；明装君子，暗当小人，与禽兽无异。

感恩是良心，更是善良品行。

人者感恩，忘恩如兽。

不屑感恩乃“人渣”，恩将仇报无异于“禽兽”。

忘恩负义失良知者，与盗贼无异。

对他人遭遇不可抗拒的灾难尤其是死亡而幸灾乐祸的人，是无耻和无知之举动。说无耻是因为没有最起码的作为人的同情心，说无知是因为也许他自己也会遇上不可抗拒的灾难，且死亡也是迟早的事。

人要积德。德者寿，德者乐。德者生而高尚、死而光荣。

善于投机钻营者，坏了口碑，虽“荣”犹败。

精于用尽心机坑人，必定身败名裂害己。

精明过度且精于算计人的人，最终一定是可怜的孤独者。

把低调、让步、谦虚的人当傻瓜，其本身就是傻瓜，因为低调、让步、谦虚而被当傻瓜之人之睿智一定能笑看把人当傻瓜的人的愚蠢品性。

习惯于把人当傻瓜的人一定是真正的傻瓜，傻瓜总反被傻气误。

低调、谦和乃尊重和被尊重之根。

自负乃自虐式自恋，说明，旁人压根儿没有把自负者当回事，否则，何须自负。故，自负者，当戒！

人的高尚的德性在于对“至善”的追求和对“善小”的坚持。

行善，积德，增寿；作恶，缺德，伤身。

人生最大的悲哀莫过于自我感觉甚好却口碑极差；自命不凡、狂妄自大却没有人把他当回事。

敬畏道德犹如敬畏生命。

敬畏道德才有人生的完美、人际的和谐、人类的幸福。

导做人是导师第一要务。

导师即为人梯，不希望甚至害怕弟子超越自己的导师不是好导师。

俗话说，一日为师终身为父，对师不尊，即自辱良心，与“人渣”为伍。

老师的素质和形象是学生的“天然课程”。

对待父母有瑕疵的人，难以真正仁爱于他人和社会。

爱国乃天经地义，护国应恪尽职守。

冷静，头脑清醒免失误；冲动，思维模糊遭麻烦。

立足当下才能着眼未来；抓住今天才能赢得明天。

人要靠自己立身，就是社会和他人的帮助也会受到自身的品性及其言行的影响。

德性和气质决定人的形象，无法仿冒，无法假装。

不懂礼貌，自毁形象；不守规矩，自遭麻烦。

品行和名誉是人的第二生命。

信誉比生命重要。

抓住时间就意味着抓住该抓住的东西。

真正的朋友交往不计算，更拒算计。

真正的朋友不需要阿谀奉承，相互批评与否是真假朋友的试金石。

仅为利结交者难有真朋友。

容不得比自己好的人,甚至存心给可能或已经超越自己的人使绊子的人,那是犹如狗屎的人。最可悲的是,这样的人一身屎臭,还炫耀身上所谓的“香味”。

有权时、高位时、掌握一定资源时,假如翻眼朝天、目不见人,说不定在无权时、下位时、没了一定资源时,即使恭维谦卑、点头哈腰,往往落得个连朋友也不会理睬的可怜的孤独者的下场。

腾达时冷落甚至忘记曾经友好合作支撑的朋友,这样的人被社会唾弃是迟早的事,因为,对待朋友尚且如此,对待他人可想而知,而社会对这样的人是不会买账的。

手上没有多少资源,在乎你的人不会太多,不要自作多情。手上有相当资源的人,在乎你的人不会少,但不要飞扬跋扈,因为,人们是在乎你手上的资源而已,不要因此崩塌人设。

日常话语权往往决定于手上拥有的资源,一旦手握资源失去,话语权也将会随之“滑落”。这种社会现象出现在小人身上是活该,但出现在好人身上是悲哀。

伪善、虚伪之人总以善意和实诚作为遮羞布，内心阴暗总标榜光明正大。

精于操弄资源却又捉弄人缘，精于深邃算计却又缺乏诚信，最终一定操弄、算计成自己的阴暗人生和丑陋口碑。

人情和关系左右的晋升晋级、评估评奖、赏誉赏利等活动，必将导致一些虚假、冒牌与自欺欺人的结果，耻辱也随之而来，历史将会毫不留情地记录在耻辱柱上。

志愿于弱者，价值若金。

心与心联通，海阔天空。

穷不失志，虽穷犹富。

历史是真实过去的再现，即使可以被别有用心者糊弄一时，但终究要还本来面目。

厚道者道厚。

不能事事体验，但可处处学人。

无端猜疑伤人更伤自己。

人生关键时刻，如果死比生意义更加重大，那死不足惜，死的荣光且精神永存。

尽管人在什么时候以什么形式离开世界是不可预测

且捉摸不定的,但人可以通过发挥主观能动性而增强生命活力并实现乐活与长活。

心态平和、乐观开朗保颜值;阴险狡诈、算计忧郁伤脸面。

法律是头顶之剑,道德是心中之刃,危险与否在于底线的把控与行动的尺度。

唯有构筑最高、最新、最系统学术信息平台,才可能有真正的创新学术和学术创新。

荣誉和头衔在真正的学术大家心目中只是个符号而已,学问家看重的是学术成果的现实与历史的作用和影响。

宇宙(世界)是什么,它从何而来,往何而去,其存在的理由是什么,这是终极性哲学难题,但这并不影响人对人的存在理由和意义的认识。人是理性动物,其生存理由和意义凸显。当然,人唯有不断认识应该认识的自己,奉献应该奉献的力量,人才活得有理由有意义。

自然是什么?人类是什么?我是什么?都从何而来?往何而去?存在的理由是什么?这是哲人一直在思考的问题。这是可认识但又不可穷尽认识的终极性哲学问题。在是和不是之间,真实存在的是人的生存和生活，那人的生存和生活又是什么呢？看来，是和不是是怪圈。不过，应该相信自己的存在价值在于人作为人而存在。

伦理生态即是人与人际关系最合理的存在与发展态，即人的完善与人际和谐实现最佳状态。

凡是适度即为应当，追求应当即可达最佳，最佳才是文明生态。人之生态、自然生态、经济生态、政治生态、社会生态、文化生态等皆应适度和应当。

道德自由是对立身处世之客观应当认识基础上的自觉行动。

残酷的严冬内含着春天的希望，恶劣的环境存在着乐活的动力。

时间承载着世间万事万物而不声不响地流过，在这世间万事万物中有奋斗者的努力与成就，也有碌碌无为甚至玩世不恭、浪费时间的过客。充分利用时间学习、创造，并诗意地生活，才能体现时间的价值。

完美人生是“人生时空”充实而不浪费的人生，充实而不浪费的人生是“微小时空”都在发挥作用的人生。

充分利用微小时空学习和工作的人即是不断走向成

功之人。

浪费时空就是浪费财富乃至人生。

人生没有回头路,每走一步都应该思“应该”求“圆满”。

人生最大的财富是崇高的精神境界和应该之道德品质,它可以正向改变人生、完美人生。

人生最遗憾的是帮人很尽心,但吃力不讨好。

人生的成功与否不只在成就的大小,而更在于是否尽力拼搏,尽力拼搏的人生即是成功的人生。

一切皆变是不变的,变好与变孬是可以变的。因此,人生要立足于变,并倾心于善变。

人生需要有竞争意识,而竞争首先应该与自身竞争,假如自身不具备奋斗精神、不具有合作精神、不树立远大理想,那一定不会有应有的竞争力。

培根说,“给予忠告意味着坦诚和信任”,因此,善听逆耳忠言者是智慧、是善德、是进步。

有人云,明天和意外不知谁先到来,应当过好今天。其实,过好今天也应该意味着智避意外并梦想明天。

苏格拉底说人是理性动物,亚里士多德说没有任何东西比理性更属于人了,孔子和孟子说仁者人也,即是说，人应该是讲道德的动物，不讲道德，人将不人。

你遇喜事甚或欣获全面成功的时候为你由衷喝彩和竭力宣扬的人；你遇困难甚或遭受磨难的时候为你真诚惋惜和尽力帮助的人，一定是你真正的贵人和朋友，对这样的人投入你的热情和友情，很值。否则，对你的喜怒哀乐无动于衷的人，离朋友内涵太远，仅可作为人生同路人而已，故没有必要投入你的无谓的甚至是“热脸贴冷屁股”的不被待见的热情和友情。

不能互相欣赏和鼓励的所谓“好友群”或“朋友圈”，犹如“盆中沙”“碗中水”，“盆碎”“碗破”时，谁还能关注或关照谁，将是个不证自明的问题。因此，不能互相欣赏和鼓励的“好友群”之“好友”、“朋友圈”之“朋友”仅是借用的名词而已。

日久见人心，关键时刻显真情。

习惯于看不起人的人，最终一定是被人看不起的人。

自古不缺小人，与小人共存的方法就是把他当作“人渣”，让他是为了“憋死”他，出手是为了“警告”他。

让人不齿或厌恶的行为，即使没有人挑明甚至谴责，其实鄙视你的内心及其眼神足够说明你是“人渣”。别人背后咬牙切齿骂你“猪狗不如的东西”也是最正常不过的事，尽管这骂近乎“阿Q精神”。

时间是真善美、假丑恶的判官。

人心是杆秤，善人、恶人、庸人以及两面三刀之人、虚心假意之人、玩弄人之人等，总会在人们心目中被判定。

历史是公正的判官，不管你现在是什么，或已经说什么、做什么，或正在经历什么，时间终究会还原“你就是你”的本真画像。

人绝对不要自以为是，也许你不屑一顾的人、东西和事，就是未来你不愿意看到的五彩斑斓之景。

遇到好领导、好同事是福气，勠力同心干事；遇到孬领导、孬同事是晦气，有理有节共事。

为谋私利而道德败坏者，于人类不齿。

遇事要有定力、办事要有活力、处事要有德力。

他阳光灿烂，你仰天沐浴；他乌云盖顶，你悠然举伞；他敬你一尺，你敬他一丈；他伤你心田，你赐他惬意；他不屑你成就，你夸他非凡；他遇困有求于你，你毅然帮助；他恩将仇报，你坦然处之。这就是做人之格局。

不要得势高调、猖狂，不必人微阿谀、献媚，其实，山不转水转，道德定力是美好人生之柱。

机遇对于人生来说，它并不是从天上掉下来的。不可否认，机遇在什么时候、什么地方、什么状态下出现，这是难以预料的，正因为难以预料，机遇对于每一个人来说都是可能的，而对于某一种机遇来说每一个人又都可能是不可能的。但机遇能否抓住，靠的是智力、德力和能力之实力，机遇不会光顾缺乏实力的人。

仁爱无价，精神永恒。

家庭孝道不讲的人在社会难持仁爱。

无论何时何地何情况，坚守善德即为崇高乃至伟大。

太阳象征着奉献、阳光，地球象征着包容、和谐，月亮象征着忠诚、友善，故太阳、地球、月亮象征着美德伦理。

青春美好是年龄意义上的，更是奋进视阈下的理念和行动。

理论是辩证的，套话、大话、媚话皆废话。

未来世界一定是人与自然、人与社会、自然与社会实现高度统一、和谐共生的世界。

未来社会生存和发展的核心资源是道德，不懂或不讲道德将寸步难行。

未来是逐步走向真正伦理的世界，伦理与发展同行，伦理与幸福同在。

波光粼粼(曾向东　摄)

晨沐秋色(沈佳宾　摄)

大溪秋色浓(沈佳宾　摄)

福建土楼(吴疆　摄)

格聂之眼(吴疆　摄)

冬日雪景(曾向东　摄)

古寺秋色（张耀铭　摄）

故楼听风雨(张耀铭　摄)

湖岸十月好风光(沈佳宾　摄)

龙潭秘境(沈佳宾　摄)

落日孤鸿(余雪冰　摄)

马达加斯加猴面包树(郭建新　摄)

梦幻小岛(郭建新　摄)

南京眼(余雪冰　摄)

鸟瞰鸡鸣寺(曾向东　摄)

十里荷花（张耀铭　摄）

水墨江南（沈佳宾　摄）

守望的绝唱(张耀铭　摄)

水天一色(曾向东　摄)

四方美术馆(余雪冰　摄)

随园(吴疆　摄)

天路(郭建新　摄)

天目湖畔人家(沈佳宾　摄)

天下文枢(曾向东　摄)

霞映天目湖(沈佳宾　摄)

新疆胡杨(郭建新　摄)

星辰采月(沈佳宾　摄)

旭日东升(曾向东　摄)

玄武湖落日余晖(吴疆　摄)

雪后夫子庙(余雪冰　摄)

雪中采月湖(吴疆　摄)

燕尾脊(吴疆　摄)

夕阳西下时(张耀铭　摄)

银河倒泻(曾向东　摄)

有谁与我共天涯(张耀铭　摄)

云雾缭绕(曾向东　摄)

珍禽(郭建新　摄)

# 附录一

# 有德才有美　有美必有德

## ——在“道德与文学创作学术研讨会”上的讲话

钱　栋*

非常高兴，有机会参加今天的溧阳宋团城文化研究会举办的“道德与文学创作学术研讨会”，对于像我这样俗务缠身又身不由己的风尘小吏，每天与自己相伴的大多是事和责，德与美对于我来说，是极为奢侈而珍贵的。今天王教授在百忙之中，回到家乡，与我们一起座谈，并且带来了可以精读细品、养心怡情、深悟力行的佳作《德与美》，浓浓的乡情化作丝丝的清凉，沁入心脾的清新爽朗是千言万语难以言表的。

---

* 钱栋，时任溧阳市住建委主任兼溧阳市作家协会名誉主席，曾任溧阳市人民政府副市长，现任常州市交通运输局副局长。

我和王教授今天是第一次见面，但如雷贯耳的大名早有耳闻，如椽大笔的美文早有拜读。我认为，在溧阳，虽风流人物不胜枚举，但于乡贤名流中不认识王小锡是很遗憾的事情；在溧阳，虽然文脉欣荣不可胜计，但于诗词妙文中，未读过《溧阳赋》是有缺憾的事情，而读一读《溧阳赋》是彰显文化品位的事情。

王教授的《溧阳赋》我读过很多遍，官样文章中，常有引用，待人接物时，常以为荣，透过《溧阳赋》看王教授，潇洒飘逸，风流倜傥，宛如神仙一般的人物，今日一见，用句京白：果然，当真。

前一阶段，我拿到了《德与美》这本书，一本睿智学者在余暇中“换个思维方法和写作路径，让脑袋轻松一下”妙手偶得的散文随笔集，于是我这段时间，“多乎哉，真不多矣”的业余时间，都是疲惫地躺在办公室的沙发上，捧着这本书度过的。人生不易，在当下，稻粱谋，大不易，累和困已经是我的一种生活常态，但，我可以告诉大家，看《德与美》，我不但一直很清醒，而且还有一点振奋的感觉。

这本书上篇主要写溧阳，写王教授与溧阳、王教授看溧阳、王教授在溧阳、王教授的溧阳，作为溧阳人，原来如此释然的感觉常常油然而生。一个农家子弟，不认天命，奋发图强，砥砺前行，建大业而成大名，却不忘初心、感恩家乡，报以真情厚意。如果说，忘记就意味着背叛，那王教授如数家珍的成长历程，就饱含着一种溧阳人最原始、最本能、最纯朴的忠诚。对自己人生价值观和为之坚守伦理道德的忠诚，让人肃然起敬，让人掩卷长思，让人心向往之。

在书中，王教授还为许多溧阳的老师、大师、老法师写的书做了很多的序，我认真地读了一遍。我深感，王教授为大家写的序言，都值得一读，既能读懂该书的要义，又能读出王教授的家乡情怀；既能读出人世间的喜怒哀乐，又能读出王教授的独特人生感悟。

如果从《德与美》的上篇你能读到一位游子的故乡情谊的话，那么《德与美》的下篇，你一定会读出一个时代学者的责任和良知，二十二篇文章，或长或短，或深或浅，但无一不和道德有关，我认为其实道德的理论并非深不可测、高不可攀、遥不可及，知易行难，王教授在说每个话题、做每一件事情时，心中的道德感是不经意的自然流露，那种道德的原则性和约束力正如一句歌词“从来也不需要想起，永远也不会忘记”。这在大千世界芸芸众生又有几个人能够做到呢？在座的和我一样，当心中经济、资本、生产力、消费等等这些词汇出现时，是不是大多数人都是和能不能、要不要、值得不值得、划算不划算这些词汇联系在一起的呢？有德才有美，有美必有德，《德与美》是一个领悟者的智慧，一个践行者的足迹，一个布道者的宣言。我建议再看一遍吧，我辈凡夫，思，不一定有所悟，读，或许有所得。

今天，有幸和我参加工作后第一个领导、时任强埠镇党委书记的彭留双老市长在一起参加活动，有幸和我担任乡镇秘书时的直接领导、时任市委办主任的沈福新老部长在一起参加活动，有幸和我的老师、原南渡中学优秀语文老师范国华老主任在一起参加活动，非常开心。同时今天也有幸和曾经一起工作、一起喝酒、一起吹牛聊天的许多老同事、老朋友一起参加活动，非常开心。

最后，请允许我以最崇高的敬意向王教授表示祝贺，对王教授的卓越工作团队参加研讨会表示热烈的欢迎和衷心的感谢。谢谢大家！

（写于 2017 年 6 月 16 日）

# 德与美:散文创作的灵与体

## ——在“道德与文学创作学术研讨会”上的讲话

赵善坚*

上周六的下午,我获得了王小锡教授新出的散文集《德与美》一书后,一口气读下去半本。边读边划,边划边思。头脑中越来越大、越来越清晰地展现出“德”和“美”这两个大字。

这两个大字不仅仅是书名,更是书中内容的提炼与升华,因为文中的每篇文章无不闪耀着这两个字的光辉。

我喜欢文字,喜欢舞文弄墨,更喜欢写散文。我始

* 赵善坚,曾任中共溧阳市委宣传部副部长兼溧阳市文联主席、常州市文联副主席。

终认为散文就是应该美，所以我十分赞同把散文称之为“美文”。记得有一次在省作协散文创作座谈会上，我曾提出：优秀的散文至少应该具备“哲思美、意境美、语言美、结构美”，散文创作应该向着这“四美”去努力。今天读了王小锡教授的散文后，掩卷而思，突然领悟到，优秀的散文除了以上的“四美”之外，还必须加上第五美，那就是“道德美”，具备这“五美”的散文才是优秀的散文。

如果把我原先的“哲思美、意境美、语言美、结构美”这四美比作是散文的躯体的话，那么“道德美”就是散文的灵魂。

因为人有健全的身躯、发达的四肢，可谓是健康的人，但不一定是优秀的人，优秀的人还必须具有独立的思想和高尚的灵魂。

我在读王教授这本书的散文时，无不为蕴含在美丽文句中的高尚道德所打动，并深深地感受到文中的道德之力和道德之美。如在开篇之作《一张贺卡》中，作者写了自己少年之时家庭生活的窘迫、青年时代的压力、中年时期的劳累等等，但作者叙写他在人生之路中的各种波折和打击，无不坦然处之，理性看待，更为可贵的是作者在文中没有丝毫的怨天尤人,也没有丝毫颓废沮丧,而是沿着道德的指向,即向着“不断地回归于应该的人立身处世与集体生存发展的价值取向及其行为规范和自觉行动”走下去,并不断践行。我从文中读出了道德之美、道德之力。

在读第二篇《尽到努力　顺其自然》时,深深感受其宏大的道德之美。文中独具的道德观、思想观、价值观,我都在细细研读,用心感受。如“人往高处走,这不仅是人的生存条件的需要,而且也是为了崇高人生价值追求的需要,更是社会发展进步的需要”。再如“人们往往在计较和纠结中获得想获得的东西的同时,实际上已经丧失了自己的心平、气和及向上和向善的‘理性精神’”;又如“人生降低期望值,绝对不能因此降低人生目标”。

在第三篇《漫谈人生境界》一文中的开头,就把我的目光牢牢吸引住:“在无边无际的浩瀚宇宙中,人虽渺小又渺小,但人又很伟大,因为人的思维能够超越宇宙,把握世界,并改造世界;同时,在无始无终的时间长河中,人生虽短暂又短暂,但人的精神和创造永恒、不朽。所以,人要活得像人、成其为人,应该追求伟大,追求精神永恒与不朽，这才能成为境界高尚的本真意义上的人。”还有就是“人生境界体现在对立身处世之应该的认识和践行程度”。这些语言无不是立在道德的高地上，闪耀着理性和智慧的道德之光。而这些闪耀着理性和智慧的道德之光的语言在文中比比皆是。

俗话说，“文如其人”，在读这些至真、至善、至美文章的同时，王教授那真诚、友善、可亲、可敬，热情友好、平易近人的形象就浮现在我的眼前。我知晓王小锡教授，是从他写的《溧阳赋》开始的，虽久闻其名，但未识其人。真正认识王教授还是在今年。通过与王教授的几次接触与交流，我就十分敬佩和敬重他，因为在他身上充满着浩然之气、大儒之风，理性之实、道德之光。所以《德与美》这样经典且精致的书籍出自王教授之手，这才是实至名归。

细读《德与美》一书，我不仅收获了“德”与“美”的思想与哲理，使我在“德”与“美”的精神层面得以升华，同时在文学创作更收获了“德”与“美”，特别是散文创作中的理解和运用。我将用上述的“道德美、哲思美、意境美、语言美、结构美”这五美，作为我散文创作的手法，并且用“五美”之首的“道德美”作为散文创作的灵魂。这样的散文才是有高尚灵魂、有健康体魄的散文，才是大众喜爱的优秀散文。

感谢王小锡教授的《德与美》一书给我的启发和教益。

（原载《溧阳日报》2017年7月6日）

# 文以载道　美以彰德

## ——读《德与美》

范渊凯*

连雨不知春去，一晴方觉夏深。在这个温暖的日子里，我有幸成为我的老师王小锡教授的散文随笔集《德与美》的第一批读者。对于我的硕士、博士导师的此次“跨界”之举，我起初是颇为惊讶的。因王小锡教授在学界可谓声名卓著，前段时间又在“中国人文社会科学评价中心”发布的“中国哲学社会科学最有影响力学者排行榜(2015年)”中名列全国哲学学科第七位、伦理学学科第二位，在学术界的成就与地位自不必多言。而他平日醉

* 范渊凯，哲学博士，现为南京财经大学马克思主义学院副院长、副教授。

心于理论研究，于散文之道似鲜有涉猎。带着疑问，回到家中，落座品读，书香随着纸张的翻动渐渐四溢，与曼妙的文字萦绕在一起，逐渐沉淀下来。暖风入帘，满室书香，一篇篇饱含深情、励志启迪的文章使我如痴如醉，恍惚间不知夜之将至。

**冰寒彻骨闻梅香**

记得在王小锡教授门下读硕士与博士期间，他有一句口头禅经常对我们这些弟子讲："每天（读书）十二点后睡觉，十年后必有成就。"我们这些年轻弟子，常将这句谆谆教诲视为笑言谈资。而当我翻到《一张贺卡》这篇文章时，顿时被其中一句话深深地震撼了："从穷孩到教授，不亚于从奴隶到将军。"诚然，王小锡教授今日的成就有目共睹，但是他过去所付出的辛劳却往往被我们所忽视。

老师出身贫苦，小时候一家六口挤在仅二十平方米的茅草屋里，用他的话来讲便是时常"外面下大雨，屋里下小雨，外面不下雨，屋里还漏雨"。到了读书的年龄，他的母亲为了供他上学，挨家挨户地上门借钱。鉴于老师早年的生活经历，弟子们经常笑称他是"凤凰男"。是啊！这种生活环境，我想现在很多年轻人都难以想象，感觉似乎是电视剧中的画面一般。但就是在这样极端贫苦的条件下，王小锡教授从来都没有放弃过对未来的希望，以坚定卓绝的意志和持之以恒的努力，创造了人生的辉煌。他有一句话时常对我们说起，“天底下最头痛的事是头痛”。老师在年轻时伏案写作，为了让自己集中精力，常常一只手抓头发，一只手写字。这是多么难能可贵的精神！这是多么催人泪下的画面！

当下，我们的生活条件优越了，但却缺乏了面对艰难困苦的勇气，不少人遇到困难便知难而退，甚至还有人把自己的不成功归结于父母的“不给力”、家庭的“无背景”等等。《德与美》中有着诸多关于王小锡教授年幼时贫苦的生活经历、年轻时艰苦的奋斗历程。我相信，这些文章应当会让不少青年有所触动、有所感悟，使我们不再怨天尤人、自怨自艾，不再好高骛远、眼高手低。虽然家境不同、际遇不一、天资有异，但是只要我们认认真真、勤勤恳恳地做好每一件力所能及的事，终究会在不同的领域收获成就。

**布道授业传德馨**

作为中国伦理学会副会长、经济伦理学专业委员会会长、中央马克思主义理论研究和建设工程重大项目首席专家，王小锡教授是目前中国伦理学界当之无愧的巨匠。目前，有不少学者以专门研究他的思想及理论为荣，并发表了一系列研究文章，这也是目前学界的一大美谈。老师一生与德为缘、以德立言、布德传道，他不仅在学术上醉心于道德研究，还致力于将道德用于生活、推及实践。在《德与美》中，不仅有优美深情的散文，也有富含哲理的道德文章。《道德是什么》《何谓德性》《道德何以为资本》等文深刻地剖析了道德的本质、道德对社会与人生的作用以及他著名的“道德资本”理论。

依然记得我跟王小锡教授读研期间，在某节课上，他提出了一个观点，“在无人监督的情况下，一个人能做到不随地吐痰，那么他的德性可以说不低于那些助人为乐的人”。老师用大道至简的语言、通俗易懂的例子，深刻地揭示了中国传统伦理思想中的个人最高境界——慎独。而在本书中，《漫谈人生境界》等文也无不蕴含着王老师高尚的人生境界与巧妙的处事智慧，其中关于“名利”的富有哲理的见解更是发人深省。在茫茫的宇宙之中，人生短暂又短暂，只有追求伟大、追求永存、追求不朽，才能成为境界高尚的本真意义上的人！

王小锡教授不仅是道德的理论家，更是道德的实践者。在日常生活中，他身体力行，言传身教，讲学、走访的企事业单位有数百家之多，将他的“道德经”传布于世。王小锡教授迄今总共带了170多位硕士、博士，除了课堂上传道授业解惑外，他还经常在课外与我们讨论为人处世的道理，教我们以德立世的行为准则。他常语重心长地对我们说，做事首先是做人，要“厚道得人缘，真诚聚人气”。人生注定是要和人打交道的，而人与人之间的和谐关系是理想人生的重要资源。要积累这样的人缘和人气，就要厚道、要真诚。

我想，王小锡教授此书的“下篇”部分，正是希望通过对道德本质、起源、发展及道德力与社会进步关系的阐释，能在培育和践行社会主义核心价值观、全面提高公民的道德素养、构建和谐的社会风尚等方面对读者有所启迪。

**乡恋情深意切切**

平时，与王小锡教授参加一些国内的学术会议，学术界的大咖们都知道王老师是一个地地道道的溧阳人。这是因为他在外一直以“溧阳人”自居，以“溧阳人”为傲。每每谈及家乡，老师立马如数家珍，除自豪地炫耀溧阳悠久的历史、辉煌的今天外，甚至还不乏“添油加醋”一番，词间话里尽是浓浓的“耀乡”之意，往往让听者闻之羡慕不已。在王小锡教授的心目中，家乡是人类发祥之地，是历代重镇，是鱼米之乡、丝绸之府、旅游之都，是他的青春、他的回忆，更是让他魂牵梦萦之处。所以他为家乡所写的《溧阳赋》中，字里行间无不涌动着拳拳恋乡之情。为写此赋，他可谓十年磨一剑，阅读了不下200万字的资料，孜孜不倦地征求辞赋专家、地方官员、文人墨客等社会各界人士的宝贵意见。

在《德与美》中，《感恩家乡》《石刻〈溧阳赋〉随想》等文，无不彰显着王小锡教授对家乡人、家乡事的思恋之情。在文中，他将自身获得的成功归结到家乡的养育与家乡人的支持：在孩提时代，他没有听过一个像样的、完整的故事，更不知道作为学前教育的幼儿园是什么样，家乡对他精神层面的启蒙培育非常珍贵；在求学期间，班主任、校长等一批优秀质朴的教师对他的激励，激发了他对未来人生的憧憬，学校与老师们潜移默化的德性培育影响了他成长；工作后，领导与同事对他生活的关心以及工作的认可使他坚定了信心，领导与同事优良的品质、作风也深深影响了他。这些平实的文字，记载着王小锡教授对家乡美妙、浓厚的记忆，流淌着他对家乡真诚、质朴的感恩之心。

平时，我对文学创作亦颇感兴趣，偶尔也喜欢舞文弄墨一番，曾在老师眼皮底下写了部四十多万字的小说，而面对十万多字的博士毕业论文时，我却是头大如斗、苦不堪言。理论文章讲究逻辑的严密性、思维的缜密性，与天马行空的文学作品的构建方式可谓大相径庭。所以，我深刻地觉得，王小锡教授所著《德与美》，从理论出发而着眼于文学、从思辨精神出发而表现为形象思维，就形式而言是从难至易、大道至简，就文字而言是信手拈来、驾轻就熟。他以散文随笔写人、写情、写道德，以真情实感话美、话景、话人生，抒发了美之道德乃世上难得之德、道德之美乃人间最美之美的情感，将苦涩难明的道德哲学融于通俗易懂的文学作品之中，使之相得益彰。

此外，《德与美》一书还启发了我对文学创作的重新思考。文学创作固然需要飞扬的文采与曼妙的辞藻，但作者所怀有的胸襟气度与他所投入的真情实感则更为重要。若无伟岸的胸襟，则断不能挥洒出“远纪瀛海奥区，沧桑兮悠悠万古”等大气磅礴的篇章；若无深厚的情感，亦绝不能凝练出“翘首尽诗情，举目皆画意”等精妙绝伦的诗句。而且，全书逻辑严密、条理清晰，我想这是理论学者做文学作品之优点，既有深度，又有意境，既富哲理性，又具可读性。全书将“道德是人类灵魂，是人立身处世之本”“幸福的人生需要学习、磨炼、奋斗、阳光、豁达、感恩、诚信、友善”等道德理念彰显于优美的文字之中，将德与美完美地交织在了一起，正可谓美文载道德，道德书美文！优美的文笔、浓郁的乡愁、超凡的感悟、深刻的见地，相信对每一位阅读此书的人启迪人生乃至安身立命将不无裨益！

（原载《溧阳时报》2017 年 5 月 24 日）

# 乡愁式尺牍与时代的缩影

## ——读《德与美(第二版)》

姜晶花*

年少时,常听老人们说起新中国成立后日子的艰辛,那物质极致匮乏的时期至今让我只能停留在想象中,无法还原其时的生活状态。那段历史将逐渐成为人们的记忆,尤其是其内蕴的伦理叙事与审美趣味也将在人们的生活中消失。然而,历史总在不经意中回眸。当我闲暇时阅读南京师范大学王小锡教授的《德与美》(上海三联书店 2018 年版)散文集时,脑海里纯然涌现出记忆深处的模样,书中呈现的点滴正是那代人经历的真实写照。

* 姜晶花,哲学博士,现为北京科技大学副教授。

书中所呈现的王教授与弟子门人交往的一面，正是那代人在艰难困苦中坚守的坦诚、率真与豁达；所记录的个人生活历程、与他人交往的细节，正是那代人在苦涩境遇中持有的情感特色，简单又趣味。这本集感性与理性、美与德一体的乡愁式尺牍，虽看到一个个体成长的历程，但却是一个时代的缩影。

**饱含浓郁深厚的乡愁式道德情感**

翻开这本封面颇具中华古典风韵的《德与美》，山水天地、丹青水墨即刻融入一种海德格尔式的天地人之境。用这“此在”式的存在类比此番“思”与“诗”的意境再恰当不过了。因为在海德格尔看来，透过这意境，存在者的真理已自行设置入作品，遂然进入其闪耀的恒定中。不妨据此细细体会下《德与美》中的一幅幅、一篇篇娓娓道来的图景文辞，它不仅散发出温润如玉的恬静，更呈现出王教授情感浓郁的乡愁及对当今社会道德的美好主张。

王教授是溧阳人，文辞中不乏其独特的地域性的文化乡愁。在《老屋与竹园》中“穷相”的童趣，再现出那物质匮乏年代溧阳民众生活的点滴，对比现在青少年生活的丰盈，作者以那个年代独一无二的方式表达了他小小的却十分珍贵的心趣，没有现代化却富含自然天趣的茅草屋、鸡舍、水沟、乡路与竹林。同样，在《年味》中，其将旧时溧阳年味通过猪头肉、肉圆、扎肝和红烧煮鸡蛋、炒米糖、实心汤圆、青菜烂面以及放鞭炮、贴春联、狮子舞等文化特色展现，然而这些在今天看似容易获得的东西，却被作者永远定格在他无比惦念的童年时代。

作者深藏对故土家园的赤诚热爱，用漂泊游子的特有情怀完成他对故园之承诺。在《感恩家乡》中，作者这样说，“我一直怀揣着感恩之情”，实现“从穷孩到教授”的凤凰涅槃，这是“家乡溧阳这块土地养育了我，尤其是家乡民俗民风的熏陶”，可见，在作者精神世界中深刻着对故土浓郁的情感烙印。他将这份赤诚之心与学术完美结合，在感性之树上开出理性之花，如《长江老鳖》中作者基于道德敏感赋予老鳖以性灵与仁爱特征，呼吁人们保护生灵；又如《一块魅力无限的“情感磁铁”》中作者将自然山水情志与伦理理性浑然一体于文化情怀中，启发乡人愈加怀念故土。林林总总，宛若荀子在《儒效》中所言：不闻不若闻之，闻之不若见之，见之不若知之，知之不若行之。我想，一个人是在生命旅程的诸多事件中将特殊的道德情感融入日常行为之中，从而实现生命的意义。

## 深蕴和风清洁的学理式审美情趣

一般而言,人类的道德主张中交织着自然人化、积淀和文化心理的诸多因素。在我看来,这种因素也是审美情趣产生的重要条件。当代学者李泽厚先生在《华夏美学·美学四讲》中将审美情趣分为三个层次,即悦耳悦目、悦心悦意、悦志悦神。无论是对于耳目、心意抑或志神这种精神层面的愉悦,作者在文中皆不同程度地深蕴着一种审美力,更为可贵的是,这种审美力深蕴在其和风清洁的学理中,以至于一种合目的性的生成。

美是具体的,作者对南京师范大学仙林校区的采月湖颇为欣赏,在《采月湖》中他说起曾夜游到此,被湖的气质和韵味深深打动,遂将皓月、湖镜和鱼儿全然囊括在他星空式的审美趣味中,甚至将此中的黑天鹅和情人坡赋予了浪漫雅致的拟人化诗意气质。作者笔下的《随园》勾勒出这座"东方最美丽的校园"四季山水的惊异与古雅,从某种意义上,这不亚于清代诗人袁枚的《随园记》。还有,《家乡白龙寺》中的"率真""同在""观自在"被其细腻地刻画在自然的趣味中,引得诸多乡人慕名去体验与观赏。当然,更值得一提的是《溧阳赋》和《天目湖颂》,其中《溧阳赋》被刻于青石、置于国家级名胜地天目湖山水园中供游人鉴赏，每当络绎不绝的游客游览至此都会驻足而品。文之审美趣味离不开图之优雅装饰，一幅幅精心的美图实现了《德与美》在更高审美意义上的图文并茂。

王教授平日的“尽到努力，顺其自然”，在《德与美》中被上升到人生定律的高度，界定为人之安身立命的重要依据和应有的生存依据。

（原载《社会科学报》2019 年 5 月 30 日）

# 胸藏文墨虚若谷　腹有诗书气自华

## ——读王小锡著《德与美(第三版)》

陈芳梅*

满眼深绿，万物蓬勃的夏季。王小锡教授，邀我为他的著作《德与美》，写点文字。我虽有点受宠若惊，但也没多加思索，便点头应诺。然而，转眼间，葱茏、蓬勃、满眼深绿的夏季，已被秋意悄悄浸染。褪去夏季繁华，染了秋意的大地，已是满眼枫叶醉红、硕果坠了枝头。被秋意惊艳到了的我，顿觉日常忙碌之中还欠王教授一笔文字账。其实，整天忙碌不是理由，也不是我不想写、忘了写，笔滞住的原因，是迟迟不敢贸然写。世界著名作家米兰・昆

* 陈芳梅，常州市作协副主席，溧阳作协名誉主席。

德拉曾说,“著书立说者可划分为三类:第一类是能够精妙地复制这个世界,让人在作品中读到世界的波澜壮阔;第二类是能够解释人和世界的关系,让人在作品里得到释怀;第三类是能够创造一个全新的世界”。作为哲学博士、著名学者的王小锡教授,他的伦理叙事、审美趣味、美德诠释,不仅创造了一个物质世界,也创造了一个精神和心灵的世界。为此,我应邀后一直在研读和解析《德与美》的笔调和精神内核,争取展示其墨妙精华。

作为家乡媒体人,我在撰写《天南海北溧阳人》专题中,有幸采访到了王小锡教授。胸藏文墨虚若谷,腹有诗书气自华,乡音未改的王教授,接受我采访时儒雅里带着质朴,热情里洋溢真诚,低调又谦逊,亲切又随和,没有一点高知精英的冷傲和骄矜。我从内心敬重他!

采访过,相遇相识后,也就在敬重中关注起王教授。王教授用自身的努力拼搏,用渊博深邃的知识,用真诚宽厚的为人,不断引起溧阳家乡人的瞩目!他的声誉度、美誉度、荣誉度,常在家乡一些熟知他的圈内人中传颂。常有家乡人以某一场合,相识了王教授;某一堂课听了王教授醍醐灌顶的讲座而引以为荣,在王小锡教授为家乡倾情创作的《溧阳赋》《天目湖颂》中,我深切感受了他深厚的文字功力，严谨的著作态度，真挚的赤子之心！

家乡溧阳不仅山美水秀，风景旖旎，而且物产丰富。从躬耕土地劳作，到天赐地润物华；从原汁原味天然，到匠心独具打造。王小锡教授将家乡溧阳这方热土中，地域风景的秀美，天华地润的特产，馈赠滋养的风物，匠心独具的饮食，文化凝聚的风情，饱含激情地汇聚于笔端，字字珠玑，句句含情，段段入心，写出了一篇篇高度赞美家乡、颂扬家乡的华章美篇！

万籁俱寂，灯光柔和，正是阅读好时光，再次捧读王小锡教授的散文随笔集《德与美》。葆一颗赤子心，世事洞明，哲人、哲理的王小锡，他将人生哲理，人生美德，渗透着爱和智慧的力量聚集笔端，紧贴生命内核，紧贴生活皱褶，紧贴情节肌理，真实、真切地写出了一篇篇有生命力，有震撼力，有德与美感染力的精品力作！

《一张贺卡》，我在读的过程中，内心一次次感受到震撼灵魂的冲击力和搏击力。这就是一个农家子弟，要改变命运，与命运抗争的强劲力道。王小锡教授写道：睡眠、假期和娱乐等换来了时间并不是就换来了知识和学术成果，还要舍得“费劲”。晚上不睡觉，肯定要瞌睡，怎么办？一边看书或写作，一边吃辣椒、抓头发、钢针发梳扎大腿、冬天冷水洗脸、夏天坐在开着的冰箱门边……古有头悬梁、锥刺股,今有王教授吃辣椒、抓头发。在王教授被破格晋升为教授后,他的校友在赠他的贺卡上由衷写道:“从穷孩到教授,不亚于从奴隶到将军。”深为我感动的话,把王教授的刻苦细节和情节,认真划了下来,不止一遍地读给我的孩子听!

《尽到努力 顺其自然》,王教授写道:人生,努力了,该有的、不该有的总有原因。尽到努力,顺其自然。不要纠结于所谓的名和利、得和失……通透、明澈的字里行间,蕴含着极其深刻的大智大慧,人生哲理!

《年味》,情不自禁地将我也带入了美好的童年。带着旧时光的年味,在王教授的记忆印象里,画面的背景,虽然生活清贫,然而呈现出来的却是洋溢着年味,有着亲情、乡情,有着乡村烟火和味况的过年景象。王教授怀揣快乐写道:我幼时最期盼的是过年,因为过年有好吃的、有新衣穿、祭拜祖宗、燃放鞭炮、逛县城、买玩具、东奔西跑互相拜年……人生转承启合,时光不会倒流,但记忆中,有浸染家乡风情、风俗,有留存乡情、亲情年味的童年,每每想起,都是一件美好而快乐的事。

《我的母亲》,我是心疼痛着,眼里噙了泪,默默读完的。在王教授的文字中，我看到了一个善良、豁达、宽厚、高尚的母亲，这是许许多多乡村母亲的缩影和典范。在那贫困的年代，开学之时，为了筹借学费，母亲带着儿时的王小锡，挨家挨户走遍大半个村，想借2元钱，结果从村东走到村西，仍然默默地空手而归。从王教授真实、真切描绘的情景中，我想到了我的母亲，她为了送哮喘突发、脸憋得发紫的小妹到医院抢救，赤着双脚。从田里跑回的母亲，沿村挨家哭着求着借5元钱时，竟然难以借到。最后，还是一位刚嫁来的新媳妇，看母亲可怜，借出她唯有的5元压箱钱，母亲念恩念了一辈子……谁说男儿有泪不轻弹，当我在文章中看到，因通讯不畅，家人联系不上他，在外出差的王小锡教授，回到南京家中，得知母亲去世噩耗，而伤心之极，号啕大哭时。我想，那时那刻，天地都将为之动容！

人生路上，我能相遇、相识王小锡教授，是我的幸事！我能得到王小锡教授馈赠的《德与美》，同样也是我的幸事。人生旅途，岁月静好，我会将《德与美》，好好珍藏，慢慢细读！

（写于2023年10月24日夜）

# “两重德”演奏着“四重美”

## ——《德与美(第三版)》的伦理之美

陈金香*

我案头上的书,经常因我关注的话题或所写文章的不同而更换;但有本书却总是能“常驻沙家浜”,“屹立”于案头而不去。这就是《德与美》。

《德与美》是业师王小锡教授的散文随笔集,已经出了三版。书出三版,表明王老师思之多、思之深;以“德与美”名之,点明书之主题。“德”是《德与美》的灵魂和主线,也是王老师思考的主题。美一般指事物、人生的最好状态,是真和善的统一,这里指由道德所创设的各种美。

* 陈金香,法学博士,安徽工程大学马克思主义学院教授,硕士生导师,德法教研部主任。

《德与美》展现了“两重德”演奏的“四重美”。所谓“两重德”，一指《德与美》上篇中描写的现实生活中的道德，一指下篇作为学术研究对象的道德。“四重美”指两重道德演绎的文章之美、道德之美、人性之美与境界之美。读《德与美》就是美的享受，享受美的旅程。这正是《德与美》让人爱不释手的原因。

文章之美是《德与美》最先映入人眼帘的美。我喜欢散文，因为散文可以给人美的享受，每次读到散文佳作，内心总有熨斗熨的那般舒服。《德与美》就能给人这种愉悦的感受，那不加修饰而自然天成的优美语言，那娓娓道来、如行云流水般的句子，那栩栩如生、刻画细微的故事，那发人深思、启迪人生的哲理，那剖幽析微、思维顺畅的逻辑论证等，都给人一种美的享受。《德与美》由众多短小的散文结集而成，看似杂乱无章，实则乃“嘈嘈切切错杂弹，大珠小珠落玉盘”，各短文有着共同的主题，就是通过不同的形式把道德多姿的美呈现给人，也表现了一种错落有致之美。书的篇章结构的精妙安排是文章之美的又一体现。书的“上篇”是散文随笔，展现的是生活中道德伦理之善美，是“人生的学问”；“下篇”探颐道德伦理美之为美的理论堂奥，是“学问的人生”；“中篇”书评把上下篇贯穿一体。全书体现了王老师生活与工作、人生与学术实现了无缝对接，浑然一体。好一个文章之美，生活艺术之美！

《德与美》文章之美的内核与灵魂是它彰显的道德之美。翻开《德与美》，随处都散发着道德的芳香，篇篇都能感受到道德之美。《德与美》开篇之作《我的母亲》，每次读了都令人动容。文章生动地展现了一位“豁达、善良、勤劳、宽厚、友善”伟大母亲的形象：“母亲”面对生活的困难和艰辛所表现的乐观和坚毅，让人钦佩；“母亲”乐于助人、乐善好施的善美之行，令人感动；“母亲”对儿孙后代的关爱，让人感到母爱的温暖和伟大。同时，那自然流淌的语言中，也饱含了王老师对母亲浓浓的爱和深厚的情。其他文章也以不同的方式展示着道德之美，如《家乡白龙寺》中小白龙唤雨抗旱，保佑民众平安的善行义举，《亦师亦父　恩重情深》中罗国杰老师对王老师的关爱以及王老师对罗国杰老师的无限感怀，特别是《感恩家乡》，众多溧阳乡亲、老师和领导对王老师的友爱，以及王老师情真意切地对家乡引路人的感恩、感怀，无不展现着道德之美。

道德之美美在人性，道德之美是人性之美闪耀的光辉。人性是复杂的，古今论者众多，有持性善论者，如孟子；有持性恶论者，如荀子；有持人性自私者，如霍布斯等，不一而足，众彩纷呈。在现实生活中，一些人总是追逐着人性丑恶的一面：有损人利己者，有利欲熏心者，有落井下石者，有数典忘祖者，有忘恩负义者。正是因为丑恶的存在，人性之美才显得更加美好。善良的人总是以仁爱待人，昌明正义。《德与美》鞭挞了丑恶，“‘小人’之为‘小人’”勾勒了“小人”的各种丑行和丑态；但更多地赞扬了人性的美好，“母亲”不顾自家贫寒对乞讨者的帮助，邻居的友善，溧城镇初级中学、溧阳县中学各位老师及王老师工作后遇到的领导、同事们的无私关爱、帮助，以及王老师“劝君三十而不惑”善意提醒人们及早努力，无不闪耀着人性的光辉，散发着人性的芬芳。从这个意义说，《德与美》具有扬善弃恶的作用，小人读了如芒在背；而善良的人读了，则会心情爽朗。《德与美》正是人性之美的彰显！

冯友兰曾把人生分为四重境界，从低到高分别是：自然境界、功利境界、道德境界、天地境界。自然境界是人顺着本能或社会风俗习惯行事；功利境界是人出于功利目的行事；道德境界的人认为人应该超越自己为社会行事;天地境界的人自觉立于宇宙行事。冯友兰还认为,一个人境界的高低由其对自己行为或行为目的觉解程度所决定,没有觉解或觉解甚少,人生境界就越低;觉解越多,人生境界就越高。

王老师也有对人生的"觉"和"解"。他认为,从宇宙看,人既渺小又伟大,人生短暂但精神可以永恒,并认为"人要活得像人、成其为人,应该追求伟大,追求精神永恒与不朽"。那么,何谓伟大的人生?何谓人生高处?王老师认为,"高处"不仅意味着生活质量的高、地位影响的高等,更在于认识境界的提高。这具体体现在如何对待"名利"上。追求名利是冯友兰"功利境界"的人生目的,也是现代市场经济社会的根本前提。可以说,如何对待名利是现实社会的根本问题,朱熹曾认为"义利之说,乃儒者第一义"(《与延平李先生书》)。理解名利的重要性,王老师认为人生在世,谁都会关注自己的利益,追求自己的好名声;但是他又强调,应理性地求名趋利,杜绝不择手段,"求名趋利与付出和奉献是一致的,与讲道德是一致的"。

可以看出,王老师一方面立足宇宙,认为人应该努力追求伟大;另一方面又立足现实,肯定功利境界的正当性;同时,他又强调合乎理性追求名利的重要性。王老师还谈了如何对待得失问题，他认为对于得失应秉持“尽到努力，顺其自然”的人生理念。“事大事小不是人生境界的分水岭，人生境界体现在对立身处世之应该的认识和践行程度。”这是一种融功利境界、道德境界、天地境界于一体的人生境界，这种名利观、境界观既维护了人追求现实幸福的权利，又摆脱了低级趣味，致力于道德之美，追求着人生境界之美，人间善美之美。

据王老师说，《德与美》是他业余“客串”“乘隙”所写，是“换个脑袋休息”的偶得。有人据此对长期从事理论研究的王老师突然“跨界”写出如此优美的散文随笔感到惊奇，但是我一点儿也不意外，而且认为这是必然。这首先是因为王老师学识渊博，且是个多面手，精品佳作常见诸报端，写些散文随笔对他来说是信手拈来。其次，王老师是惯于思考、善于思考的人，而且常常有创见，“道德资本”就是他学术上的独特创新。更为重要的是，无论是学术还是生活中，王老师一直都在思考人生最重要的东西——道德，按他的话说，“一直在寻求‘人’‘人类’存在的价值旨归及安身立命之道德依据”。书中对生活中道德之美细致入微的描述，对道德之美析精剖微的学理分析都说明，这些随笔绝不是随意而作、偶然所得，而是长期思考的结果。因此可以说,《德与美》正是王老师自己道德人生之美的生动呈现!

读《德与美》可以解人生之惑,明人生之理,导人生之方向,增人生之力量,赏人间之善美,提人生之境界。我喜欢《德与美》,我将继续把它置于案头,翻之,阅之,思之,赏之。

(写于 2023 年 7 月 31 日夜)

# 自 然 而 然

## ——读《德与美(第三版)》

易书凡

王小锡老师总是说,“尽到努力,顺其自然”。对应他的《道德资本论》里的“应该的应该之应该”思维理路,那“自然的自然之自然”理应就是自然而然,《德与美》给人的感觉就是自然而然,不仅内容是自然而成,读完给人的感受和改变也是自然而然的。

关于散文的解释,《辞海》是这样记录的:中国六朝以来,为区别韵文与骈文,把凡不押韵、不重排偶的散体文章(包括经传史书)统称“散文”,后又泛指诗歌以外的所有文学体裁。我理解的散文是这样的,正如什么钥匙开什么锁,散文之道就是午后时刻的文字下午茶,温暖而放松却又沁人心脾。其实在刚刚成为王老师弟子的时候就厚着脸皮向老师讨要了《德与美》，我对散文的爱就如同向往那所谓自由的生活，可偏偏这样的我才后知后觉地喜欢上这本特殊的散文，说这本书特殊一方面夹杂着浓浓的学术味，另一方面是作为一本散文集，我在现实中感受到了这本书的影子，这本散文集不再是午后的下午茶，变成了饭后的中药汤剂，温暖但是良药苦口。读这本书的过程就像是喝中药，各种中药的口味也不尽相同，有的苦中带甜，有的甘中带涩，但是中药总是能扶正你的身子，补足你身体的虚，让你自然而然好起来。

见字如面，《德与美》这本散文集能让人切身感受着王老师的为人。在我的印象里，我老师的头衔和获奖实在太多，但只从为人来说，从心而论，王老师是一位真真正正的伦理学家，我对于这个真真正正的定义就是不仅是做出卓越的伦理学问，人格上的崇高境界更是要配得起伦理学。阅读《德与美》就如同面对王老师，那些发生在王老师身上自然而然的事，却自然而然地触动着你。

做人最重要的就是金子般的内心，而真金不怕火炼。而我的老师，小时候真的“被火炼过”。我是听师母说起王老师小时候的事，王老师小时候家境贫寒，甚至家都因为意外被火烧掉，王老师从而有时得借住在邻里家里，床的脚边就靠着圈养的家禽家畜，伙食上可以说王老师是靠吃“百家饭”长大的，甚至王老师上小学的钱都是他的母亲挨家挨户借来的，讲到这里其实对应着《德与美》的《我的母亲》，从文中你可以真实感受到王老师的母亲。王老师的母亲拥有着极其富有的内心，物质上的贫穷从未真正击败她，她为自己的孩子指明了正确的道路。我想大概是因为如此，王老师才能够一直专心地聚焦学术研究，功名利禄从来没能让王老师失去本心，他的学术成果能够走向世界，这才是真正难能可贵的事情。如果是同辈人最能明白，我们这一代人有时候是相当迷茫的，社会变化日新月异，总是害怕跟不上社会发展从而迷失自己，从伦理学的角度你才能看明白，这就是所谓把人生功利化了，只想着把每一步计算着功利得失去做，可这样的人生，算是人生吗？

每当读到《德与美》里说的“三家村”就让我想起南师大版本的“三家村”，记得老师工作很忙，每个周四只有趁老师上完课去找老师请教学术问题，不知怎么就变成每周四老师请我们吃饭，一边聊生活一边聊学术，当时是真热闹啊，那种忙里偷闲一起学术进步的景象仿佛复刻在眼前，老师总是严格地督促我们学习，却又总是在学习之余让我们适当放松，给予我们鼓励。在和王老师相处的过程中，我慢慢地发现老师在和大家交流的过程中，老师一直都是心里有他人，关照他人的，自卑的我在这里慢慢找回了信心，也同样知道了要如何与他人相处，就是心中要有他人，正如老师书里所说："厚道得人缘，真诚聚人气。"这句话成了我为人处事的座右铭，时刻提醒着自己。应该是我运气好，作为老师的关门弟子，也许是因为老师年龄大了，我一向不相信师兄们说的话，他们说老师的严厉令人闻风丧胆，伴君如伴虎的感觉，我想这应该是老师督促大家努力进步吧。后来我相信师兄们说的话了，一是自己也到要论文答辩的时候了，二是有几次找王老师还没开门就听见了声音，我就识趣地择日再找老师。在这里也感谢师母，每次打电话和王老师交流学术问题，我总是会听到师母在旁边小声跟王老师说不许骂弟子，感恩。

少即是多，《德与美》最后部分里的《道德箴言》一句句箴言，虽然寥寥几个字，但总是补足我精神上的疲惫。每当我遇到小小人生中的困难、挫折，甚至是得意之时都会想起这里的"道德箴言"，鼓励着我也同样警醒着我。

我很笨拙，我不是很懂人与人之间的人情世故，但每每想起箴言里的“以诚待人之人生一定会是顺畅的人生，快乐的人生”，我就知道自己该怎么做，保持真诚，无怨无悔。每当身边的人遇到困难，我就会力所能及地帮助他人，因为“心与心联通，海阔天空”。我也乐于去做一个倾听者，因为“不能事事体验，但可处处学人”。我是一个慢性子，正如散文一样的人，正是我读了《德与美》，确切说，王老师的思想彻底影响了我，我这样的“散文”在往“学术型散文”发展，这种学术学的最主要的是王老师的人生态度，“青春美好是年龄意义上的，更是奋进视阈下的理念和行动”。一阴一阳之谓道，王老师对我的教育可谓是没有压力才是最大的压力！可能我自卑，老师总是夸我，给我信心，有任务给我了又从来不多监督我，本应是我发挥“散文”性格的最好时候，我却感觉心里有个小火在慢腾腾的煮着我，我横也不是，竖也不是，却只能把“学术”贴到我的“散文”前面，我开始抓紧起来，真诚想要用积极的行动去证悟这个世界的德与美，自然而然。

（写于 2023 年 9 月 10 日）

# 以德之美扬风采

## ——读《德与美(第三版)》

潘　逸

读王小锡老师的《德与美》的时候，就像是品味一杯香醇的咖啡，每一段文字都散发着浓郁的香气，余韵悠长，回甘久久不散。

初读时，我总是轻轻地翻阅书页，如同泡水的咖啡粉渐渐鼓起包，却未真正触及其中的精髓。随着阅读的深入，文字逐渐展现出它的独特之处。像是热水浸润咖啡，香气从每一个孔洞之中涌出，每一段文字就都如同咖啡中的浓郁香气，扑鼻而来。我被文字所吸引，就像是咖啡香气愈发浓郁，让人不禁陶醉其中。随着故事的深入，就像是在咖啡入口，初品是一阵苦渐渐漫开，渐渐的咖啡的浓郁像是从口中迸发，醇厚而丝滑，文字中的哲思就像是那醇厚与浓郁，香浓而迷人，发人深省，让人醒神，回味无穷。

由此我联想到王老师每次上课和谈学术像一篇专业行为散文。

哲思，带着一点苦，留下一丝甜。王老师却常常是见微知著，从细节处发掘出的哲思，运化入文字当中，品出醇香，只有细细回味，才能感知出哲思发掘时的点点苦涩。

王老师在谈论学术时总是昂扬高蹈。他给我们上课时的装备很简单，一支笔和几张纸，便是激昂文字，挥斥方遒。王老师走进教室的那一刻，总是会带来一股宁静与专注的氛围。王老师的着装简洁而利落，正如他的思想一样纯粹而有力。他的言语清晰而深厚，节奏明快而平稳，为课堂注入了一种独特的韵律，又在我们心中绘出思想的画卷。课堂承载着他的智慧，是知识的阵地，总能引领着我们坚定地迈出每一步。

王老师在上课时，总是沉浸于学术，讲到重点时，他的眉头微微上扬，仿佛是指挥着一场思想的交响乐。每一个思想的片段，都是一次咀嚼思考的过程，课堂讨论高潮迭起，他的眼睛会微微眯起，流露出欣慰的神情。

王老师的每一堂课都是一次思想的盛宴，每一次他的表达都是一次心灵的沉淀。他的教导如同一场华美的乐章，带领我们穿越思想的海洋，品味知识的美味。最初接触哲学，总是会感到晦涩，王老师的课堂总是能点亮我们对于哲学的热情。他更像是一位哲学的传道者，他的课堂不仅是知识的传递，更是思想的碰撞和交流的舞台，让我们体验到哲学思考的乐趣和挑战。

在我的印象中，最初以为王老师在学术研究中一直是如鱼得水的，只有在读过《德与美》后才知道王老师求学与研究道路之上的种种不易，并不是鱼得水，而是在沙地中开出花来。这种坚韧时刻启发着我，引导着我们在哲学的海洋中航行。在日常闲暇谈话中，王老师会和我们讲述他的求学经历，平淡的语气仿佛稀松平常，确是我无法想象之艰难。王老师曾语重心长地对我说，每天坚持看书达到一定时间，坚持五到十年必有成就。区区几字，可见王老师对自己的严格要求，其豁然态度也可见一斑。是了，前路若明，何须踌躇，又何必行，按序前进即可。

读《德与美》可知王老师一路走来历经坎坷，但他总是寥寥数语轻轻带过，却也总是关心我们的内心世界。他的话与文字总是如清泓，能够荡涤心中的不安。闲暇时阅览《德与美》，其中强大而有力的哲思总是能够拨开混沌的雾，理顺缠绕心中的焦虑与痛苦。学识渊博，智慧高远，王老师如同一块充满内涵的宝石，是众多求学者学术道路上的明灯和榜样。

王老师嘴里总说着“没问题”“你放心”“很不错”。在我看来，王老师虽然在哲学领域受交口称赞，确像是心理学家，用自己的方式抚慰人心，是我们求学路上的心理医生。在我们忐忑不安、犹豫不定时，他总是会给我们一剂强心针，使我们能够心安理得地向前。王老师在这尘世漫漫中，负重前行，却且歌且唱，纵行八千里迢迢路，却也是自在自如。如此总是影响着我，不使自己困于方寸，人生或是苦旅，也想着能够终于山长海阔。

“午枕睡酣窗寂寂，清风来去自翻书。”夹起《德与美》的纸页，读完总也忍不住地去回味，好像咖啡的余味在唇齿之间回荡，留下久久不散的回甘。文字里的智慧和坚韧仿佛也留在心中回味无穷，坚定了我的内心，让我更加珍惜德与美的存在。我不由自主地陷入思考，陶醉在文字之中，就像是生活中的朴素智慧，虽不华丽却充满深刻内涵，让人陶醉不已。

写至此处，细细品味文字与哲思，如璀璨光辉照亮前行之路，虽不能至璀璨明辉，然心向往之。

于是寸步前行，相信微光如炬，终至拂晓。

（写于2023年10月10日）

# 附录二

# 《德与美(第三版)》
# (上海三联书店 2020 年版)目录

山不转水转

采月湖

随园

石头城公园

谈人比人

光明学人

在中国人民大学的日子里

亦师亦父　恩重情深

先走了

家乡白龙寺

感恩家乡

溧阳赋

石刻《溧阳赋》随想

天目湖颂

溧阳之歌

月亮神韵

长江老鳖

“小人”之为“小人”

用光影追寻不应忘却的“溧阳记忆”

别样风范昭示溧阳之为溧阳

道德视角下的“囚徒困境”博弈论

道德风险及其规避

消费也有个道德问题

更要关注“道德气候”

诚信价值指归

保障民生乃善政之基

新时代的道德标杆

救灾精神震撼世界

缘之为缘

小议“杨朱”

漫谈学术创新与评价

《资本论》辩论法的道德分析维度

走进经典才能真正读懂马克思

**附录:**

道德箴言